Karl Görlitz, Alois Berla, Carl Millöcker

Drei Paar Schuhe

Lebensbild mit Gesang in drei Abtheilungen und einem Vorspiele

Karl Görlitz, Alois Berla, Carl Millöcker

Drei Paar Schuhe
Lebensbild mit Gesang in drei Abtheilungen und einem Vorspiele

ISBN/EAN: 9783743635975

Hergestellt in Europa, USA, Kanada, Australien, Japan

Cover: Foto ©Andreas Hilbeck / pixelio.de

Weitere Bücher finden Sie auf **www.hansebooks.com**

Drei Paar Schuhe.

Lebensbild mit Gesang in 3 Abtheilungen

nebst Vorspiel

von

Carl Görlitz.

Musik von A. Conradi.

---

1. Abtheilung: Die Schuhe der Bankierstochter.
2. Abtheilung: Die Schuhe der Sängerin.
3. Abtheilung: Die Schuhe der Tanzwirthin.

A. Kühling,
Theater-Buchhandlung in Berlin.
Markgrafen-Straße Nr. 53.

Vorspiel.

Personen.

(Besetzung am Friedrich-Wilhelmstädtischen Theater in Berlin.)

Lorenz Flink, ein Schuster, Herr Schulz.
Martha, seine Frau, Frl. Anna Schramm.

(Die Bühne stellt ein kleines Arbeitszimmer bei Lorenz vor. Im Hintergrunde blickt man durch eine Glasthür auf die Straße. Links (stets vom Zuschauer aus gerechnet) eine Seitenthür. Rechts ein Fenster, an demselben ein Arbeitstisch mit dem Geräth eines Schuhmachers; davor ein Schemel. Links im Vordergrunde ein Tisch, umgeben von einfachen Stühlen, im Hintergrunde neben der Thür ein Schrank mit verschiedenen Schuhen.)

Erste Scene.

Lorenz (allein).

(Lorenz sitzt beim Aufziehen des Vorhanges auf dem Schemel links und arbeitet an einem gestickten Wollenschuh; der andere gleichartige Schuh steht neben ihm auf dem Tische.)

Lorenz (bei der Arbeit singend):

Lied.

Ein frohes Herz, ein heit'rer Sinn
Ist mir fürwahr geworden,
Wohl niemals gäb' ich Beides hin
Für Titel, Gold und Orden;
Seh' ich bei Andern Glanz und Schein,
Denk' ich, was mag dahinter sein?!
Und werd' sie nie beneiden!
Hantihier' mit Pech und Schusterdraht
Und sing' dazu: Klipp, klapp, klapp, klapp!
Klipp, klapp, klapp, klapp, klapp, klapp!
(seufzend)
Dann ward mir auch zum Zeitvertreib,
Damit mir gar nichts fehle,
Ein schmuckes, resolutes Weib,
'Ne recht kreuzbrave Seele;
Und nimmt sie auch den Mund sehr voll,

Macht's mir im Hause oft gar toll,
(sorglos)
Ist sie noch nicht die Schlimmste!
Ich wehr' sie mit dem Pfriemen ab
Und sing' dazu: Klipp, klapp, klapp, klapp!
Klipp, klapp, klapp, klapp, klapp, klapp!

(Sprechend.) Immer aufgeräumt und voll Humor, dazu alle Hände voll Arbeit und Mittags die dampfende Schüssel auf dem Tische — was sollte mir noch fehlen? (mit der Arbeit innehaltend) fehlen? — na, zunächst wohl etwas mehr Licht; die Dämmerung bricht schon herein; es ist kaum fünf Uhr und das Arbeiten bei der Leuchtkugel strengt doch sehr an, da jetzt zur Karnevalszeit mehr denn je zu thun ist; heute werde ich aber bald Feierabend machen und ihn beim Glase Bier recht gemüthlich genießen; ach, ein so froher Abend nach gethaner Arbeit ist zu köstlich; ich fange auch gerade an etwas mehr zu verdienen, als ich brauche, und werde bald zurücklegen können; das Fundament zum Glück ist da; ich sehe froh in die Zukunft; möchte es doch immer so bleiben! —

Martha (hinter der Scene links laut schimpfend). Potz Donnerwetter! beim Kaffeemachen verbrennt man sich stets die Finger! (aufkreischend) Huch! da knackt auch der Henkel ab; dann lieber den ganzen Topf in Scherben (man hört hinter der Scene einen Topf heftig zur Erde werfen, daß er prasselnd zerbricht.)

Lorenz (zusammenfahrend). Nee, da denke einer zu Fastnacht, Ostern und Pfingsten fällt auf einen Tag! — nee, so soll es doch nicht immer bleiben, ich nehme den eben ausgesprochenen Wunsch zurück! ich begreife nicht, wie meine Frau immer so leicht in Heftigkeit kommt! bin nun beinahe fünf Jahre verheirathet und mit jedem Tage ist sie lebendiger geworden, 's ist gerade umgekehrt, wie bei mir! — abgewöhnen kann ich ihr's aber nicht; meine Mittel an Worten sind erschöpft, und — — (mit Pantomime) den Knieriemen kann ich doch nicht tanzen lassen! — käme mir doch nur ein Gedanken, um mir dauernd Ruhe und Hausfrieden zu erhalten! (arbeitet gebückt weiter und sieht zwischen durch nur verstohlen auf die eintretende Frau.)

Zweite Scene.

Lorenz. Martha (von links).

Martha (ein einfaches Kaffeeservice mit brauner Kanne, Topf und Tassen tragend).

Auftrittslied.

Das ganze Leben ist 'ne Qual
Von Morgens früh bis spät,
Da es auch nie ein einz'ges Mal
Nach meinem Wunsche geht.
Es ärgert mich die ganze Welt,
Mein Mann, die Nachbarin;

Warum wird auf die Prob' gestellt
Stets mein langmüth'ger Sinn?
Warum? ja warum?
(sich, nachdem sie das Kaffeeservice aufgestellt hat, den Schweiß von der Stirn trocknend)
püüüüf!
Das Feuer auf dem Heerd selbst ist
Zu meinem Aerger da,
Wenn man een Bizken sich vergißt,
Verbrennt's die Finger ja!
Und faßt den Topf man an mal scharf,
Knacks, geht er gleich entzwei!
Wüßt ich nur, weshalb man nicht darf
Bewegen sich ganz frei?!
Warum? ja warum?
(nach Luft schnappend)
püüüüf!

(Sprechend.) Es ist schrecklich, welche Arbeit und Mühe man tagtäglich in der Häuslichkeit hat; wie die wilde Jagd quält man sich ab und weiß nicht wofür! (ordnet die Tassen).

Lorenz (gutmüthig). Na, höre mal. — Das ist doch klar, für Mann und Häuslichkeit und somit für Dich selbst! —

Martha (die Hände in die Seite stemmend). Für mich selbst? Ha, ha, ha! — seit ich verheirathet bin, weiß ich kaum, ob der Kopf auf meinen Schultern mir noch selbst gehört!

Lorenz (mit leisem Spott). J na! nach Deinem Kopfe muß es doch hier Alles geh'n!

Martha. Gotte doch! was ärgert mich dieser Mann.

Lorenz. Ich — Dich?

Martha. Na, wer denn sonst?

Lorenz. Aber Frauchen, in welcher Laune bist Du heute wieder; ich bin seelenvergnügt, daß ich mit meinem dritten Paar bestellter Schuhe glücklich zu Ende gekommen bin und sie morgen abliefern kann, und da polterst Du plötzlich nach gewohnter Weise dazwischen, als ob die ganze Stadt in Flammen stände! Deine Heftigkeit raubt mir jede Gemüthlichkeit!

Martha. Wer Dich so sprechen hört, muß denken, daß ich ein Drachen in Küche und Keller sei, und bin ich doch die Sanftmuth selber! (setzt die Tasse klirrend auf eine andere Stelle.)

Lorenz (ironisch). Du?! — na ja, Du sollst Recht haben, wie immer! (aufstehend für sich) Der Klügste giebt nach! (laut) Nun zünde die Lampe an und laß uns eine warme Tasse Kaffee trinken! es scheint draußen wieder stärkerer Frost einzutreten, man merkt's selbst hier im warmen Zimmer!

Martha (hat eine Lampe angezündet und auf den Tisch gestellt). Hier wird's nie ordentlich warm, denn diese abscheuliche kleine Wohnung heizt sich zu schlecht!

Lorenz (sich an den Tisch setzend). Nun geht's über die Wohnung her!

Martha (gießt ein und giebt Lorenz eine Tasse). Du solltest endlich einmal nachgeben und eine größere Localität Sonnenseite miethen.

Lorenz (indem er Kaffee trinkt). Dazu ist die Zeit zu schlecht; ich kann auf ehrliche Weise mit meiner Arbeit keinen höheren Miethszins erschwingen.

Martha (verdrießlich trinkend). Aeh, knauserig wie immer (mit der Zunge schnalzend und prüfend, indem sie an der Tasse riecht). Der Kaffee ist auch schlecht! Hm, hm, kaum zu trinken!

Lorenz. I — er ist ganz passabel!

Martha (auf den Tisch schlagend). Gotte doch, was ärgert mich dieser Mann! — schlecht ist der Kaffee, ich hab's gesagt!

Lorenz. Wenn Du's denn durchaus haben willst — schön! ich wollte Dir nur den Vorwurf ersparen, daß er ein wenig Beigeschmack hat; Du wirst ihn morgen vorsichtiger durchtrichtern.

Martha. Soll ich vielleicht daran Schuld sein?

Lorenz. Wer denn sonst?

Martha. Du — Du — Du ganz allein!

Lorenz (steht auf und setzt den Stuhl hart hin). Na, da hört denn doch zuletzt Alles auf!

Martha (steht auf, faßt ihren Stuhl an der Lehne an, hebt ihn auf und setzt ihn hart nieder). So kann ich auch machen! (macht ihm einen Knix). Ja, — wenn man so fortgesetzt geärgert wird — wird zuletzt aus dem Lamm ein Löwe! (Beide gehen erregt auf und ab, bis sie sich plötzlich in der Mitte der Bühne gegenüber stehen).

Lorenz (gutmüthig lachend, streckt ihr beide Hände entgegen). Ich muß wirklich lachen, Frau, wie Du Alles auf den Kopf stellst — ich soll Schuld sein an dem schlechten Kaffee, den Du gemacht hast! —

Martha. Weil Du mir zu wenig Wirthschaftsgeld giebst, um gute Bohnen zu kaufen!

Lorenz. Ach, dahin soll es wieder hinaus?

Martha. Ja wohl, da liegt der Mops immer begraben, ich kann mich nicht mehr so einschränken; Du mußt mir mehr Geld geben!

Lorenz. Wir leben grade nach unseren Verhältnissen!

Martha. Keineswegs, Du legst Geld zurück!

Lorenz. Für Zeiten der Noth!

Martha (fängt an zu weinen). Und lässest mich inzwischen darben!

Lorenz. Versündige Dich nicht! wenn Du nur unter Dich blickst, wie viel Tausenden es schlechter geht wie uns, so wirst Du glücklich sein, noch so viel zu besitzen!

Martha. Ich will aber nicht hinunter blicken! hinauf will ich sehen, höher will ich kommen, nicht mein ganzes Leben in diesem Schusterkeller vertrauern, sondern es auch glänzend und schön haben, wie alle Großen und vornehmen Leute!

Lorenz. Also hoch blicken und meinen, daß Diejenigen, welche in den Augen der Welt glänzend dastehen, auch glücklich sind; der alte Krebsschaden unserer Zeit, immer hoch hinaus wollen zu blendendem Luxus und glänzendem Schwindel, und die sichere ehrbare Existenz dabei gefährden!

Martha. Papperlapap! — Du sprichst wie ein Prediger auf der Kanzel; das ändert aber Nichts an meinem Unglück; ich kann und will nicht länger entbehren, ich fordere zunächst zehn Thaler von Dir zu einem neuen Kleide!

Lorenz. Die habe ich Dir auf Deinen Wunsch ja erst gestern gegeben!

Martha. Sie reichen nur zu einem wollenen, und ich will jetzt endlich einmal ein seidenes Kleid haben.

Lorenz. Verschwendung!

Martha. Ich gebe nicht nach! Heute oder nie! Ich bin jung, nicht häßlich, im Gegentheil recht patschierlich und nett, und will meine Jugend nicht länger elend bei Dir vertrauern! mir ist klar geworden, was ich werth bin!

Lorenz. Halt, nicht weiter! Ich glaubte, Du seist nur schlechter Laune, aber ich sehe, Du bist auf dem Wege, auch schlechten Herzens zu werden und das sollst Du nicht; ich habe bis jetzt für Dich gesorgt — nun werde ich Dich mit einem Male kuriren!

Martha (sich weinend schneuzend). Laß diesen spöttischen Ton und dieses mokante Lächeln; es bringt mich nur noch mehr auf! — Was ärgert mich dieser Mann!

Lorenz (in jovialer Laune). In früherer Zeit wären mir vielleicht Zauberer und Feen zu Hülfe gekommen, Dich zur Raison zurückzubringen, wie man in alten Mährchen liest; die giebt es nun heut zu Tage nicht mehr — aber doch habe ich einen Zauber im Besitz, dessen Wirkung Dich erkennen lassen wird: (lustig singend)

„Ein jeder Stand hat seine Freuden,
„Ein jeder Stand hat seine Last!"

Martha (unwillig). Hältst Du mich für ein Kind?

Lorenz. Durchaus nicht — paß mal auf!

(Er geht an den Schrank im Hintergrunde und nimmt dort ein Paar weiße Atlasschuhe und ein Paar mit Flittern gestickte, farbige, rothe Seidenschuhe heraus, die er auf den Arbeitstisch rechts neben das Paar gestickter Schuhe setzt, an welchem er zuletzt arbeitete.)

Sieh', diese drei Paar Schuhe, die ich auf Bestellung angefertigt habe, sollen Dein sein!

Martha (auf das Höchste überrascht sich die Thränen trocknend). Mein? — wie wäre das möglich?

Lorenz. Ich meine: den Erlös dafür!

Martha (aufjauchzend). Ach Du lieber, herziger Mann! (umarmt ihn und schwenkt ihn rasch herum.) Ich sage ja stets, daß Du nicht so schlimm bist, wie Du thust!

Lorenz (langsam, mit Nachdruck). Aber ich mache eine feste Bedingung dabei; erfüllst Du diese, soll der Betrag dieser drei Paar Schuhe Dir den Rest zu dem gewünschten Seidekleide geben.

Martha (etwas eingeschüchtert). Du sagst das ja so feierlich —?!

Lorenz. Du mußt die Schuhe den Betreffenden selbst übergeben und das Geld dafür gleich einzieh'n!

Martha (lustig in die Hände klatschend). O, wenn es weiter Nichts ist! Ich werde mich nicht abweisen lassen; (herumhüpfend) endlich mal Abwechslung! — ich werde das wollene Kleid mit dem großen Blumenmuster anzieh'n, ich werde noch schnell Haken annähen, um es nach der neuesten Mode aufzuraffen, — so — (sie geht wichtig umher). Dazu mein Häubchen mit blauem Band — ah, ich kann mich schon bei vornehmen Leuten sehen lassen!

Lorenz (achselzuckend, für sich). Regen und Sonnenschein in einem Augenblick! — aber so sind sie Alle, und diesen leicht erregbaren Persönchen ist Wohl und Wehe der Häuslichkeiten anvertraut; hören wollen sie nicht, sie müssen fühlen! (laut) Also Frau, ich werde Dir die drei Adressen geben!

Martha (herbeikommend). Ich bin ganz Ohr!

Lorenz. Du kommst nun mit drei sogenannten glänzend situirten Damen zusammen, lerne sie beim Geldfordern mal ordentlich kennen; wenn Du dann noch an ihrer Stelle zu sein wünschest, erkläre ich mich für überwunden; erfährst Du das Gegentheil, wirst Du mir nicht mehr widersprechen —

Martha (leichthin). Haha!

Lorenz. Sondern zugesteh'n, daß es in unserer Schusterwerkstatt behaglicher ist, wie in goldschimmernden Salons; der Mensch macht den Werth — nicht seine Umgebung!

Martha (ausgelassen). Ich bin schon im Voraus glücklich, daß Du mir das Geld geschenkt hast, und mich statt Deiner in die vornehmen Häuser geh'n läßt!

Lorenz (für sich, spottend). Na, geh' man! (laut) Und nun betrachte die Schuhe Dir mal genauer! — —

Couplet=Duett.

Lorenz (die weißen Atlasschuhe hochhaltend).
Die Atlasschuhe, weiß wie Schnee,
Bestellte sich der Herr Bankier,
Um sein einziges Töchterlein
Mit diesem Fußschmuck zu erfreu'n!

Martha.
Ach, wenn ich doch die Tochter wär' —
Wie freute ich mich ja so sehr,
Ich fänd' in jenes Hauses Pracht
Wohl Alles, was mich glücklich macht!

zugleich.

Lorenz.
Solch' eitler Wahn täuscht Dich gar leicht,
Denn schnell ist Goldesglanz verbleicht,
Geld schwindet schnell dahin —
Kling, kling, kling, kling, kling, kling!

Martha.
Mit solchem Golde hätt' ich leicht
Dann schnell wohl jeden Wunsch erreicht;
Nach Gold steht nur mein Sinn —
Kling, kling, kling, kling, kling, kling!

(Lorenz setzt die weißen Schuhe fort).

Lorenz (die farbigen, mit Flittern besetzten Schuhe nehmend).
Die bunten Schuhe trägst Du hin
Zu der berühmten Sängerin,
Die längst in uns'rer lieben Stadt
Den Weltruhm sich ersungen hat!

Martha.
Ach, wenn ich doch die Säng'rin wär'!
Dann wünsche ich mir gar Nichts mehr,
Bewundert in Gesang und Spiel,
Wär' meiner Wünsche höchstes Ziel!
Lorenz.
{ Wie kannst Du so verblendet sein!
{ Der Kunstglanz ist nur falscher Schein,
{ Er deckt oft bitt'res Weh' —
{ O je, o je, o je!

zugleich.

Martha.
{ Wenn man Bravo gerufen hätt',
{ Verneigt ich mich so recht kokett,
{ Gefiele täglich mehr
{ Recht sehr, recht sehr, recht sehr!

(Lorenz setzt die farbigen rothen Schuhe fort.)
Lorenz (die gestickten Wollenschuhe hochhaltend).
Damit gehst Du zum Tanzsalon,
Jedoch der Wirth weiß Nichts davon,
Es hat die Frau so recht geschickt
Sie heimlich für den Mann gestickt!
Martha.
Das ist von allen Drei'n fürwahr
Zuletzt mir noch das liebste Paar,
Es wäre in der That zu schön,
Könnt' ich dort in den Ballsaal seh'n!
Lorenz.
{ Gar Manche kam auf lust'gem Ball
{ Sehr schnell zu unverhofftem Fall,
{ Unglück kommt hinterher
{ Oft schwer, sehr schwer, sehr schwer!

Martha (tanzend).
{ Ja, mächtig zieht's mich in das Haus,
{ Dort geht Musik und Tanz nie aus,
{ Wär' ich doch immer da —
{ Tralah, tralah, tralah!

zugleich.

Der Vorhang fällt.

Erste Abtheilung.
Bei der Bankierstochter.

Personen:
(Besetzung am Friedrich=Wilhelmstädtischen Theater in Berlin.)

Bankier Moser, Wittwer	Herr Hassel.
Clara, seine Tochter	Frl. Schäffer.
Lohberger, ein auswärtiger Geschäftsfreund	Herr Rüger.
Max Born, Buchhalter } im Hause des Bankiers	Herr Geiger.
Heinrich, Bedienter }	Herr Luttmann.
Martha, die Schusterfrau	Frl. Anna Schramm.

(Die Bühne stellt ein elegantes Wohnzimmer im Hause des Bankiers dar; überall glänzendes Mobiliar im modernsten Geschmack. Der Haupteingang findet durch die Mitte statt. Rechts sind zwei Seitenthüren. Links ist eine Seitenthür, die in das Comptoir führt.)

Erste Scene.
Heinrich (allein).

(Bei dem Aufgehen des Vorhanges kommt Heinrich, ein alter Mann mit weißem Haar, durch die Mitte; er trägt mehrere Blumentöpfe mit blühenden Hyazinthen im Arm.)

Heinrich. So, die Blumen wären besorgt; das ist aber nur der Anfang; (seufzend) was auch Alles auf mir ruht — na, ich sage, aber freilich, wenn ich den Mund nicht aufmache — wer soll's denn hier thun? Niemand hat Courage dazu, es würde hier im Hause schön aussehn, im Comptoir — ja, da geht Alles prompt und schlank durch, wie am Schnürchen, aber im Hause — Du lieber Gott, es sieht traurig aus, wo die Hausfrau fehlt! — so philosophire ich mir jedes Mal die Angst fort, wenn ich dort anklopfen muß; — Ach was, es hilft nichts, wenn's heute nicht geschieht, ist es zu spät! also getrost in's Feuer, es ist ja für unser Kind — und noch dazu Geburtstag morgen! nicht lange besonnen! (er geht leichten Schrittes an die Seitenthür links und klopft vorsichtig an.)

Zweite Scene.

Heinrich. Moser (von links).

Moser (zerstreut, halb ärgerlich). Wer klopft denn da so laut?
Heinrich (sehr schmiegsam). Hab' ja kaum angetippt.
Moser. Und warum stören Sie mich?
Heinrich. Ich habe die Blumen besorgt und wollte nun noch —
Moser. Wegen solcher Lapalien rufen Sie mich — noch dazu in einem Augenblick, wo mir das Feuer auf den Nägeln brennt? (für sich an den Fingern rechnend) ½ Prozent wäre ein schöner Verdienst — aber nur ¼ will er bewilligen; er droht die Zeichnung seiner Bergwerkaktien sonst bei einer anderen Firma aufzulegen — hm, hm! — 20,000 Thaler könnte es allerdings für mich abwerfen, aber ich muß das Doppelte zu erhalten suchen!
Heinrich. Hier sind noch 2½ Silbergroschen zurück.
Moser. Was? — nur 2½ Silbergroschen und habe ich Ihnen doch einen ganzen Thaler gegeben; Mensch, wie können Sie so theure Töpfe kaufen, — ich hatte gerade kein kleines Geld! ruiniren werden Sie mich — oder wohl gar mir mehr anrechnen, als es wirklich gekostet hat — ja, ja, so ist es mit Euch Allen — Betrug im Geschäft, Betrug in der Häuslichkeit! o, wie soll man sich schützen? wie schützen?
Heinrich. Einem Andern dürften Sie das nicht sagen, Herr Moser; solch' altes Factotum, wie ich, ist allerdings schon an Ihr Mißtrauen gewöhnt!
Moser (etwas besänftigt). Aber so viel Geld für drei kleine Töpfchen zu bezahlen?
Heinrich. Sie lassen mich ja nicht ausreden; ich habe außerdem noch grünen Buchsbaum — eine ganze Parthie gekauft, um eine Guirlande um den Geburtstagstisch zu machen.
Moser (brummend). Unnütze Verschwendung!
Heinrich. Es ist also eine richtige Rechnung, wenn Sie 2½ Silbergroschen zurück erhalten. (Will ihm das Geld geben.)
Moser (will das Geld nehmen, zuckt mit den Fingern und kämpft mit sich selbst). Na, behalten Sie dieselben nur — weil — weil — ich vorhin etwas heftig war! (für sich) muß ich mich nur generös zeigen, (laut) vergessen Sie aber solche Ertragratifikationen nicht, wenn mitunter etwas mehr zu thun ist; Sie sehen hieraus, wie gut es Domestiken bei mir haben! — (für sich) zwei einen halben Silbergroschen verloren! (zuckt mit den Fingern) ich werde dafür zur Börse keine Droschke nehmen, lieber Omnibus fahren!
Heinrich (zuckt die Achseln). Meine Anhänglichkeit an Ihr Haus läßt mich wenig an mich selbst denken.
Moser (schnell). Na, denn geben Sie es wieder her — — nein, nein, ich will diesmal den Verlust verschmerzen! stören Sie mich aber nicht wieder im Geschäft mit so unwichtigen Dingen. (Wendet sich nach links.)
Heinrich. Wollen Sie nicht gleich lieber alles Andere auch festsetzen?

Moser (wieder stehen bleibend). Was denn noch?

Heinrich. Nun, das Kind — wollte sagen das Fräulein — muß doch noch einige hübsche Sachen auf dem Tische finden.

Moser. Habe ich Ihnen nicht den Auftrag gegeben, einen Ballanzug zur Tanzstunde für meine Tochter zu bestellen?

Heinrich. Das ist auch geschehen; Kleid und Schärpe sind bereits angekommen und (auf die erste Thür rechts zeigend) dort eingeschlossen; die Schuhe erwarte ich jeden Augenblick, aber das genügt doch nicht. —

Moser (zerstreut). So kaufen Sie meinetwegen noch eine Puppe — aber nicht zu theuer — $1/4$ Prozent will er nur geben.

Heinrich. Das ist wohl nicht mehr passend, das Fräulein ist kein Kind mehr, sie wird morgen 16 Jahre, und zu Ostern soll sie schon eingesegnet werden.

Moser (unruhig). So?! — na, an dergleichen unwichtige Sachen kann ich bei meinem Geschäft doch nicht denken, jetzt habe ich keine Zeit mehr; ich muß bald zur Börse, erinnern Sie mich Nachmittags daran; wenn die Course heute gestiegen sind, werde ich Ihnen — vielleicht — drei — (schluckend) noch anderthalb bis zwei Thaler zu unnützem Geburtstagskrimskrams für meine Tochter geben! (schnell ab nach links, indem er brabbelnd vor sich an den Fingern rechnet.)

Dritte Scene.

Heinrich (allein, sieht ihm achselzuckend nach).

Ihm fehlt nun einmal das Verständniß für Alles, was außerhalb seiner Rechnungen liegt; das arme Kind ist wie eine wilde Blume des Feldes aufgewachsen, in allem Glanz ihrer Umgebung unbeachtet und unverstanden, was soll daraus werden? nicht die kleinste Aufmerksamkeit würde sie zu ihrem morgenden Geburtsfeste erhalten, wenn ich nicht dafür sorgte! — aber nun die Blumen schnell versteckt, daß sie nichts vor der Zeit merkt! — (er schließt die erste Thür rechts auf, trägt die Blumen dort hinein, kommt gleich wieder zurück, schließt zu, zieht den Schlüssel ab und steckt ihn in die Westentasche). So, und nun in meine Kammer, um die Guirlande zu flechten, ich scheue keine Arbeit, um unserm Clärchen eine Freude zu machen und ihren lustigen Frohsinn zu erhalten. (Ab durch die Mitte.)

Vierte Scene.

Clara (allein, von rechts aus der zweiten Thür kommend).

(Clara ist ein ganz junges, kindliches Mädchen; sie trägt eine helle, fußfreie, elegante Toilette; sie ist durchaus natürlich und sich ihrer Schönheit und ihres Reizes völlig unbewußt, der Grundzug ihres Characters ist frisch und derbe.)

Ist's mir doch, als ob es in allen Ecken rauschte und fortwährend ein beunruhigendes Etwas mir nachschliche! — sehe ich mich um, bin ich doch allein! was ist nur mit mir vorgegangen? — Ich glaube, es macht Alles die Erwartung zu meinem morgenden Geburtstage — so einem Entgegengehen — man weiß nicht recht was! (erhebt die Nase und riecht schnüffelnd umher) Hm, hm! hier ist's auch nicht wie sonst! (lächelnd) frischer Blumenduft umweht mich wie Frühlingsahnung — o, ich habe ein feines Näschen! (schmunzelnd nach der ersten Thür rechts zeigend) Dort sitzen die Musikanten, wenn mich nicht Alles täuscht! (geht vorsichtig an die erste Thür rechts) aha, verschlossen! na ja, wenn so etwas Geheimnißvolles im Hause ist — muß ich wohl unruhig sein! — (sieht sich ängstlich um) Niemand sieht mich, ich wage es! (blickt durch das Schlüsselloch, schlägt die Hände mit freudigem Ausruf zusammen und läuft dann rasch wieder in die Mitte) Ei, wie schön! und doch pocht mir das Herz! es war wohl Unrecht von mir —! ach, es hat mich doch erfreut, und (hüpfend in die Hände klatschend) — die Vorfreude ist auch etwas werth!

Fünfte Scene.

Clara. Moser. Lohberger (aus der Comptoirthür links).

Moser. So sind wir einig und setzen die Provision auf ⅜ Prozent fest.

Lohberger (ein alter, geckenhaft gekleideter Mann mit blonder Perrücke und modernem Backenbarte). Ich komme Ihnen entgegen und acceptire, nur eine zweite persönliche — ganz außer dem Geschäft liegende Bedingung füge ich noch hinzu — (zuckt gichtisch mit dem Fuße zusammen und knickt etwas ein).

Moser. In Allem Ihnen zu Diensten!

Lohberger. Wir sprechen unterwegs davon.

Clara (ist auf die andere Seite der Bühne geeilt, für sich). Wie erschreckt mich stets die dumme Comptoirthür (die Hand auf's Herz) als ob ich ein böses Gewissen hätte! — heute kommt's vom (nach rechts deutend) durch's Schlüsselloch lucken!

Moser (wendet sich der Mitte zu).

Lohberger (Clara erblickend). Ah, Fräulein Clara; ein gutes Omen für unseren Gang zur Börse, daß uns die Schönheit zuerst noch entgegentritt (zuckt wie vorhin rheumatisch zusammen, was sich öfter noch wiederholt).

Clara (macht einen unbefangenen, tiefen Knix). Meinen Sie mich?

Moser (in einem Notizbuch notirend). Halten Sie sich doch mit dem Kinde nicht auf.

Lohberger. Mein Fräulein, rebelliren Sie, daß der Papa Sie Kind nennt; Sie haben an mir einen Verbündeten, das Gegentheil zu beweisen; (zuckt zusammen) au! —

Moser. Aber bedenken Sie doch, verehrter Freund, daß es Börsenzeit ist; Sie können ja, da Sie erst mit dem Abendzuge abreisen und zum Diner noch unser Gast sind, genug mit Clara nach Tisch spielen, wenn Ihnen das beim Geschäft noch Spaß macht; ich begreife solche Kindereien nicht! —

Lohberger (zu Clara süßlich). Werden auch Sie mich gern heute noch einmal als Gast an Ihrem Tische sehen?

Clara (lachend). Warum nicht? zu essen wird für uns Alle genug da sein!

Lohberger (halb für sich). Reizende Unschuld, welche Perle in heutiger Zeit!
Moser. Sage Heinrich, daß er, wie gestern, für Herrn Lohberger ein Couvert auflegt!
Clara. Schön, Papa! —
Moser (Lohberger's Arm ergreifend). Wenn's gefällig wäre —
Lohberger. Gut, daß das Geschäft abgeschlossen ist, ich bin kaum mehr eines klaren Gedankens fähig! (faßt schmerzhaft seinen Fuß und stolpert).
Moser. Fühlen Sie sich plötzlich unwohl!
Lohberger (auf Clara blickend). Im Gegentheil, nur etwas zerstreut.
Moser (für sich). Wie schade, daß diese Zerstreuung nicht früher kam, ich hätte mein $1/2$ Prozent bei der Aktien-Emission durchgesetzt. (Führt Lohberger zur Mitte.)
Lohberger (im Abgehen nickend zu Clara). Also auf Wiederseh'n beim Diner! (stolpert auf der Schwelle).
Clara (nebenher gehend, knirend). Adieu! fallen Sie nur nicht; es hatte frisch geschneit, wie ich aus der Privatstunde kam, und die Straßen sind glibschrig! aber sehr! — Adieu!
(Moser und Lohberger ab durch die Mitte.)

Sechste Scene.

Clara (allein).

(Lachend vorkommend). Was solche Geschäftsfreunde vom Papa doch für wunderliche, unverständliche Reden führen?! (gedankenvoll) mir so fremd, wie der Papa selbst! — (wieder lustig) Womit aber nun die Zeit bis zum Diner hinbringen? halt, ein prächtiger Gedanke! die Sonne scheint wieder, und draußen im Park wird Bahn gefegt sein; ich werde Schlittschuh laufen! Das wird reizend werden! (sie eilt an die Mittelthür und ruft hinaus) Heinrich. — Heinrich!

Siebente Scene.

Clara. Heinrich (durch die Mitte).

Clara. Sie sollten ein Couvert mehr auflegen, der fremde Herr speist, wie gestern, bei uns!
Heinrich. Schön, Fräulein!
Clara. Dann holen Sie mir Paletot, Barett und Schlittschuhe, ich will hinaus auf die Eisbahn!
Heinrich (geht in die zweite Seitenthür rechts).
Clara (immer ausgelassener). Sind die Stiefelbänder auch fest geschnürt, daß draußen kein Unglück passirt? (sie geht an einen Stuhl, setzt einen Fuß nach dem andern hinauf und zieht die Stiefelschnüre fest an) ja, Alles in bester Ordnung; Alle sollen staunen, wie ich wieder laufen werde — (mit verschränkten Armen Schlittschuhbewegungen markirend) Holländern,

rück- und vorwärts! und den schweren Walzerschritt auf dem Eise habe ich auch bald weg! hui!

Heinrich (kommt von rechts mit Pelzpaletot, Barett und Schlittschuhen zurück). Hier, Fräulein!

Clara. Helfen Sie an! (mit Heinrich's Hülfe zieht sie den Paletot an, setzt das Barett auf und nimmt die Schlittschuhe über den Arm.)

Heinrich. Soll ich Sie begleiten?

Clara. Bewahre, Herr Born muß mit, wie immer!

Heinrich. Dann werde ich der Köchin wegen des Diners Meldung machen.

Clara. Thun Sie das.

(Heinrich ab durch die Mitte.)

Achte Scene.

Clara (allein).

Clara (hüpft lustig zu der Comptoirthür links, plötzlich bleibt sie steh'n, zuckt zusammen und legt die Hand auf's Herz). Wieder dies merkwürdige Gefühl der Aengstlichkeit (kopfschüttelnd) hm, hm! Das Blut steigt mir in's Gesicht! (sorglos und heiter) Ja so — die Erwartung auf morgen mit all' der süßen Geburtstagheimlichkeit (sie öffnet die Thür links, nachdem sie vorher scharf angeklopft hat) (hineinknirend). Guten Tag! — Wie? — Sie wenden sich ab? — aber (stärker rufend) Herr Born, ich bin's ja! Sie schreiben weiter? (böse werdend) Das ist zu arg! — (mit dem Fuße aufstampfend) Kommen Sie gleich heraus! — ich will es so!

Neunte Scene.

Clara. Max (von links).

Max (eine Feder in der Hand, sehr unfreundlich). Aber Fräulein, welch' ein Lärm? ich habe dringende Rechnungsabschlüsse zu machen, und Sie halten mich davon ab.

Clara (befremdet). Welch' einen wunderbaren Ton nehmen Sie seit einiger Zeit gegen mich an?

Max (will fort). Sie erlauben mir wohl meine Arbeit zu vollenden?

Clara (ihn haltend). Nein, nun gerade nicht!

Max (mit mühsamer Fassung). Sie werden Schuld sein, daß ich einen Verweis bekomme.

Clara (sehr treuherzig). Hören Sie mal, Herr Born, Sie ärgern mich! was ficht Sie an! Sie sind nicht mehr derselbe; so lange ich denken kann, waren Sie mein liebster Spielkamerad, haben Alles zu meiner Unterhaltung gethan, überall mich hinbegleitet und nun mit einem Male ist Alles anders geworden.

Max (mit sich selbst kämpfend). Mein Fräulein —

Clara (ärgerlich). Was Fräulein hin — was Fräulein her? für Sie heiße ich Clara — Sie sind doch kein Bedienter; die mögen mich so nennen, da ist es natürlich!

Max. Das geht nicht mehr an, und der Herr Vater würden es mir bald verweisen,

Clara. Der Papa bemerkt nie etwas, was mich angeht; das wissen Sie wohl und werden Sie mir gehorchen, wie stets; legen Sie die dumme Feder fort, ziehen sich an, begleiten mich auf die Eisbahn.

Max. Das darf, das kann nicht sein!

Clara. Weshalb nicht?

Max. Weil es nicht passend ist.

Clara. Ich verstehe Sie nicht; wenn es sein muß, werde ich Ihnen befehlen, mir zu gehorchen, damit Alles im Hause beim Alten bleibt.

Max. Das wird es nicht, was mich betrifft; mögen Sie zuerst einen Entschluß hören, den ich unwiderruflich gefaßt habe; ich werde Ihren Herrn Vater um meine Entlassung bitten!

Clara (ganz bestürzt). Sie wollen fort?

Max. Ja!

Clara (sieht ihn groß an, dann zuckt sie sorglos die Achseln). Das ist ja nicht möglich! — (lustig lachend) Nein, nein, nein, nein!

Max. Ganz bestimmt! (sieht sie einen Augenblick an, tritt einen Schritt näher, dann ruhig und artig). Die Arbeit und die Pflicht hier im Hause sind mir zu groß geworden, es geht über meine Kräfte! (verneigt sich, dann ab nach links.)

Zehnte Scene.

Clara (allein).

(Verdrießlich.) Ich sage es immer, der Papa verlangt zu viel von seinen Leuten! (die Schlittschuhe auf einen Stuhl werfend) Ich mag nicht Schlittschuhe laufen! (böse) ausgehen auch nicht! (sie zieht den Paletot heftig aus und wirft ihn sammt dem Barett fort) es ist doch einsam hier! (setzt sich auf einen Sessel, gedankenvoll) Niemand beschäftigt sich mit mir! keine Freundin, die zu mir paßt, keine Mutter, die meine Rechte wahrt — warum kommt mir plötzlich der Gedanke an meine Mutter, die ich fast vergessen hatte, da sie schon starb, wie ich noch ganz klein war? warum erwacht jetzt mit einem Male die Sehnsucht nach ihr? (schmollend und lebhaft aufstehend) Weil mein Geburtstag morgen viel schöner sein würde, wenn sie da wäre!

Eilfte Scene.

Clara. Heinrich. Martha (durch die Mitte).

Martha (hat die weißen Atlasschuhe in der Hand). Nee, nee, Männeken, so haben wir nicht gewettet! erst die Bezahlung und dann die Schuhe!

Heinrich (der sie vergebens zurückhalten wollte). Aber wie können Sie mit solchen Manieren sich hier vordrängen?

Martha. Na, für meine Arbeit werde ich mich doch bezahlt machen, jeder Arbeiter ist seines Lohnes werth.

Clara (vortretend). Was giebt's denn?

Heinrich (springt mit großem Satz vor Martha). Ach, Fräulein, Sie noch hier? (breitet die Arme aus, um die Schuhe zu verdecken, und giebt Martha einen Wink). Für Ihre Augen ist das schon gar nicht!

Martha (vorkommend, sich seiner erwehrend). Aber so reißen Sie mich doch nicht um!

Heinrich (sie zurückhaltend). Im Vorzimmer sollen Sie bleiben, wenn Sie durchaus den Herrn erwarten wollen; vor Allem wird hier aber nicht so laut gesprochen, wir sind das nicht gewohnt!

Martha (patzig wieder vorkommend). Papperlapap! die reichen Leute sind immer nicht zu Hause, wenn sie uns ihre Rechnungen bezahlen sollen; das hat mir schon mein Mann gesagt; aber diesmal komme ich, na und ich weiche nicht, da ich das Geld nothwendig brauche.

Clara. Darin hat der Heinrich Recht, gute Frau, daß Papa nicht zu Hause ist.

Heinrich (winkt Martha immer dringender zu, kneift sie in den Arm und zeigt auf Clara). Sie wird noch Alles merken!

Martha (in böser Laune zu Heinrich). Na, et is gut! (wickelt die Schuhe in ihr Taschentuch) (zu Clara) aber warten, bis er zurückkommt, wird doch erlaubt sein?

Heinrich. Das wird Ihnen nichts helfen; bei uns im Hause wird Alles drei Monat Ziel bezahlt — keine Stunde früher! und wenn ich gewußt hätte, daß Sie so zudringlich sein würden, hätte ich Jemand Anders die Arbeit aufgetragen.

Martha. Und wenn ich weiß, daß Sie grob sein können — bin ich es auch; Spaß! fast fange ich an zu glauben, daß mein Mann Recht hat und nicht Alles Gold ist, was glänzt; — aber ich muß mich bezwingen, um ihm nicht gleich beim ersten Mal Recht geben zu müssen! — Schöne Sachen das! erst arbeiten, dann nicht bezahlt werden, bei dem bittern Frost über die Straße huschen und zuletzt auf dem Flur warten sollen! — püh! — nee, so haben wir nicht gewettet, bei 12 Grad Kälte! ich friere noch — brrrrrr!

Clara (gutmüthig näher tretend). Für Ihre Bezahlung kann ich nichts thun, darin ist Papa sehr eigen, aber frieren sollen Sie nicht, da werde ich helfen! Heinrich, in meinem Zimmer steht noch ein Rest der Frühstückschocolade, lassen Sie denselben für diese Frau schnell wärmen!

Martha (knirend). Das läßt sich schon eher hören! wie gut Sie sind, kleines Fräulein! (zu Heinrich) Na, Sie oller Brummbär, können denn auch (ihm verstohlen die Schuhe gebend) die Schuhe mitnehmen — blos aus Rücksicht für das liebe Fräulein; — aber warten thu' ich doch; werde ich doch stets mit meinem Mann fertig — also werde ich auch solchen Herrn Bankier klein kriegen!

Heinrich (nimmt die Schuhe und verbirgt sie vor Clara). Nehmen Sie nur Ihre Zunge in Acht; mit dem Herrn ist nicht gut Kirschen essen!
(ab nach rechts in die zweite Thür).

Martha. Ach, Herr Je! 'ne Frau wird doch nicht vor'n Mann zu Kreuz kriechen? — na!

Zwölfte Scene.

Clara. Martha.

Clara. Folgen Sie nur dem Diener!

Martha. Erlauben Sie mir nur, mich noch'n Bißken hier umzuseh'n, die Pracht im Zimmer und dann Ihr reizender Anzug, ach, wer doch auch so einen hätte! und denn schließlich vor Allem wie durch Zauberei: Tischlein decke Dich! bums, ist die Chocolade da!

Clara (lachend). Wie können Sie nur Werth auf so Etwas legen, was sich Alles von selbst versteht!

Martha. Da liegt der Hase im Pfeffer — Alles von selbst versteht für die reichen Leute, aber nicht für uns Arme! — nee, nee, nur die reichen Leute sind glücklich, sie haben jeden Wunsch erfüllt, ehe sie ihn noch ausgesprochen!

Clara. Da täuschen Sie sich doch, ich habe gar Nichts, was ich mir so recht wünsche.

Martha (ganz verblüfft). Ach! —

Clara. Selbst das kleinste Vergnügen muß ich mir versagen, ich wäre so gern auf's Eis gegangen; allein mag ich nicht gehen; immer mit dem Bedienten hinter mir herum spazieren — noch weniger —

Martha. Hat denn die Frau Mama keine Zeit?

Clara (ernst). Sie ist schon lange todt; — ich bin aufgewachsen, ohne sie zu vermissen, aber nun plötzlich fehlt sie mir überall!

Martha (ergriffen, gutmüthig). Armes Kind! Da fehlt Ihnen allerdings recht viel, was kein Geld Ihnen ersetzen kann!

Clara. Mein Vater bekümmert sich gar nicht um mich, und die jungen Leute des Comptoirs haben (mit dem Fuße stampfend) auch keinen Respekt für mich! Das ärgert mich am meisten!

Martha (die Hände zusammenschlagend). Welche Wirthschaft hier im Hause! Da fehlt 'ne Frau, wie ich, um Ordnung rein zu bringen!

Clara. Namentlich Einer ärgert mich ganz besonders (zuthunlich Martha unter den Arm fassend), gerade in Bezug auf ihn kommt mir der Gedanke an meine seelige Mutter, wie gerne möchte ich ihr sagen, wie oft er mir wehe thut; eine Freundin habe ich auch nicht, und drückt es mir fast das Herz ab, so Alles in mich verschließen zu sollen, nun sind Sie gekommen und es ist mir, als ob ich dadurch Erleichterung finden würde!

Martha. Durch Ihre freundlichen Worte hatten Sie gleich von Anfang an einen Stein bei mir im Brett; seitdem ich weiß, daß Sie eine mutterlose Waise sind, haben Sie mich vollends gewonnen; ich bin eine resolute Frau und fackle nicht lang — das lernt man so mit der Zeit im Ehestande, — und wenn mir Etwas hier im Hause nicht gefällt, werde ich's zu Ihren Gunsten ausfegen, ich nehme kein Blatt vor den Mund; Gott bewahre, nie nich!

Clara. Da ist von Papa's jungen Leuten ein Herr Max Born im Comptoir — er sitzt (nach links zeigend) dort drin!

Martha (nickend). Aha!

Clara. Der bei uns gelernt hat und fast das ganze Buchgeschäft führt —

Martha (gespannt zuhörend). Buchgeschäft führt?

Clara. Er wohnt im Hause bei uns, und hat so lang' ich denken kann seine Freistunden bei mir zugebracht; es ist mein liebster Spielkamerad gewesen, plötzlich wird Alles anders —

Martha. Sieh' mal an!

Clara. Keinen Abend läßt er sich bei mir mehr sehen!

Martha (drohend). Hm, hm, merke schon!

Clara. Wird nicht nur gleichgültig, sondern sogar unfreundlich.

Martha. Na warte!

Clara. Und vorher wies er mich so hart zurück, daß es mich fast weinen machte!

Martha (immer erregter). Dem werde ich zuerst seinen Standpunkt klar machen.

Clara. Ach ja, ich möchte gar zu gern wieder gut mit ihm sein, scheue mich aber so wunderbar, ihm das zu sagen!

Martha (krempt sich die Aermel auf). Na, passen Sie mal auf, wie ich ihm den Kopf waschen werde! ich bin eine erfahr'ne Frau, und merke, wo hinaus das läuft; so lange er ein solider Mann war, genügte ihm die kindliche Unterhaltung bei Ihnen; jetzt langweilt er sich hier, weil er draußen anderswo gefesselt ist; ich kenne das, mir macht man kein X für ein U! — (Clara auf den Arm schlagend; rücksichtslos) Er hat irgend eine heimliche Liebe!

Clara (zurückweichend und die Hände über der Brust faltend). Liebe?!

Martha. Versteht sich, wenn die Männer sich plötzlich so verändern, ist stets ein kleines Techtelmechtel im Spiel, ich kenne Das! — Spaß! (geht nach der Thür links).

Clara. Warum wird mir mit einem Mal so ängstlich? — (schnell zu Martha) Rufen Sie ihn nicht!

Martha (derb). I, lassen Sie mich man! — —

Clara. Warum hab' ich auch gesprochen?! (setzt sich langsam mit niedergeschlagenen Augen und ganz veränderter Miene auf einen Sessel rechts).

Martha (hat die Seitenthür links geöffnet und spricht hinein). Kommen Sie doch mal 'n Bisken raus! — — ja, ja, Sie! (mit dem Finger winkend) zu mir! — — ha, ha, sieht mich an wie die Kuh das neue Thor! — na, es soll noch besser kommen! — (winkt immer mehr).

Dreizehnte Scene.

Die Vorigen. Max (von links).

Max. Gelten diese wunderlichen Pantomimen mir?

Martha (mit ihm vorkommend). Wird wohl so sind! ja, ja, hier ist plötzlich 'ne Frau in's Haus geschneit, um so'n Bisken nach dem Rechten zu sehen!

Max. Ich bin sprachlos —

Martha. Det sollen Sie ooch sind, so lange ich rede! gegen mich kommt Niemand auf! — (im wichtigen Ton, die Arme in die Seiten gestemmt) Also man ist Max Born?

Max (will fort). Ich bin nicht zum Scherzen aufgelegt. —

Martha (ihn schnell am Rockzipfel haltend). Nee, nee, nee! mir entschlüpft man nicht so leicht; ich halte fest, was mir unter die Finger kommt!

Max (unwillig). Diese Sprache, und in des Fräuleins Gegenwart.

Martha. Gerade ihretwegen rede ich mit Ihnen!

Clara (träumerisch). Meinetwegen?

Martha. Das arme Kind hat keine Mutter mehr, die für sie sorgt, keinen Vater, der sich um sie kümmert, keinen Freund, der über sie wacht.

Max. Keinen Freund?! wer nur das Recht dazu hätte! — —

Martha (komisch drohend). Keinen Freund mehr, will ich lieber sagen! warum ist man mit einem Mal so unfreundlich? warum will man nicht auf's Eis gehen? wo bringt man seine Abende zu? hä?! (biegt sich fragend vornüber).

Max. Das Fräulein weiß wohl, wie sehr das Geschäft —

Martha. Ach, Larifari, machen Sie uns keine Wippkens vor. —

Max (beleidigt). Aber Madame —

Martha. Da sitzt das gute Kind, sehen Sie sie mal an, kann sich eine Andre mit ihr vergleichen? gewiß nicht; ich spreche jetzt, als wenn ich die Mutter von dem Kinde wäre! hm, so spreche ich und sage Ihnen, daß Sie ein Narr sind, wenn Sie Ihre Abende anderswo, als bei ihr zubringen, zumal Sie ihr der liebste Spielkamerad sind.

Clara (sehr verlegen). Nicht doch! Das habe ich nicht gesagt. —

Martha. Lassen Sie mich man, nu bin ich gerade gut im Zuge! — Das sage ich Ihnen, mein Herr, daß Sie jetzt gleich abbitten, und das Fräulein künftig hinbegleiten, wohin sie es fordert; aber vor Allem abgebeten, und muß es sein — selbst auf den Knieen! (etwas vorkommend, pustend) ach! — — den habe ich Bescheid gestoßen; der wird nun wohl zu Kreuz kriechen, wie mein Alter zu Hause! — (zu Max) nachher komme ich wieder, ob Alles in Ordnung ist! wo ich fege, wird's rein! (athmet tief auf, dann sich wichtig hochreckend) Jetzt will ich Chocolade trinken.

(Ab nach rechts in die zweite Thür.)

Vierzehnte Scene.

Max. Clara (sind Beide in größter Verlegenheit).

Max. Mein Fräulein, ich bin ganz verwirrt und die Zungenfertigkeit dieser Frau hat mich völlig unsicher gemacht.

Clara (ohne aufzusehen). Auch ich bin beschämt, daß ich Sie vorhin zum Ausgehen auffordern konnte, es soll nie wieder geschehen!

Max. Sie würden mir gewiß verzeihen, wenn ich Ihnen sagte —

Clara (sehr ängstlich). Nein, nein — ich will nichts mehr hören!

Max. Sie sind also wahrhaft erzürnt?

Clara (aufstehend). Das nicht, aber ich bitte Sie, mich zu verlassen.

Max. Nun schicken Sie mich fort?

Clara (in größter Verwirrung). Weil ich mich fürchte, mit Ihnen allein zu sein.

Max (kräftig und bestimmt). Jetzt bleibe ich; gerade dies Zurückweichen Ihrerseits zieht mich mächtig an; mir ist, als ob ich Ihnen plötzlich so viel zu erklären, Manches abzubitten hätte, und doch konnte ich nicht anders handeln.

Clara. Sie haben mir keine Rechenschaft zu geben und können ja die Zeit zubringen, wo sie Ihnen am angenehmsten verstreicht!

Max. Halten Sie ein; wie können Sie das nur argwöhnen? wo könnte ich lieber sein als bei Ihnen? glücklich, ohne Nachdenken, habe ich bis jetzt Ihre Kindheit mit Ihnen vertändelt! plötzlich sah ich zu meinem Schrecken in Ihnen —— — die Tochter und Erbin meines Prinzipals, fühlte, welche Consequenzen unsere bisherige Vertraulichkeit nach sich ziehen könnte, und deshalb — muß ich fort!

Clara (langsam). Müssen Sie fort —!

Max. In dem bangen Gefühl, eine so lange inne gehabte schöne Stellung aufgeben zu müssen, bin ich wohl ein wenig gereizt und unfreundlich gewesen, vergeben Sie es mir, Sie wissen jetzt, daß es der Schmerz war, Sie nicht mehr seh'n zu können.

Clara (nickt stumm mit dem Kopfe).

Max. Sie halten mich also nicht zurück?

Clara. Jetzt nicht mehr!

Max (ergreift ihre Hand). Aber zum Abschiede will ich Ihnen zuflüstern, daß ich Ihretwegen gehe, weil ich erkannt habe, daß die Freundschaft für das Kind sich in heiße Liebe für die Jungfrau verwandelt hat und ich diese süße Qual nicht mehr in mir verbergen kann.

Clara (erröthend, den Kopf senkend). Sie lieben mich, und wollen doch fort?

Max (erfreut und bringender). Darf ich denn bleiben, nachdem Sie wissen, welch' ein Gefühl meine Unfreundlichkeit verbarg? Denken Sie an Ihres Vaters Reichthum und an meine Armuth!

Clara (besinnt sich einen Augenblick, dann sehr bestimmt). Papa hat mir bis jetzt noch nicht das kleinste Taschengeld gegeben, also haben wir für den Augenblick Beide nichts! —

Max (ihr die Hand küssend). Sie sind ein Engel, es so anzuseh'n.

Clara (lustig und schelmisch). Er hält sein Geld so fest, daß ich nicht weiß, ob er mir jemals etwas davon geben wird, und meine ganze frohe Laune ist zurückgekehrt, da Sie mir so viel Schönes sagten, was bei mir nur allzu leicht ein Echo fand.

Max (sie in seine Arme schließend). Süßes Kind, jetzt scheu' ich keinen Kampf für unser Beider Glück!

Clara. Und an Fortgeh'n denken Sie nun auch nicht mehr?

Max. Niemals!

Clara (reicht ihm beide Hände und nickt ihm freundlich zu). Mir schien's auch gleich unmöglich! weshalb? — das weiß ich jetzt erst recht!

Moser (hinter der Scene). Den Pelz hängen Sie hier auf; wo ist denn der Diener, uns zu helfen?

Clara (erschreckt auffahrend). Da ist Papa zurück! — Es wird ein langweiliges Diner werden, da ihn der Fremde begleitet.

Max. Für jetzt denn Lebewohl! wann sehe ich Sie wieder?

Clara. Alle Abend, wie bisher! jetzt haben wir ja so viele Pläne für die Zukunft zu machen, Zeit bleibt uns für unser Glück genug; Sie wissen, daß Niemand auf mich achtet! —

Max. Und nichts soll unser Geheimniß verrathen! (nickt, wirft ihr einen Kußfinger zu und geht schnell ab nach links.)

Funfzehnte Scene.

Clara (allein).

Clara. Mir klopft doch ein wenig das Herz! mir ist, als ob es mir auf der Stirn geschrieben steh'n müßte, daß ich jetzt weiß, was Liebe ist; ängstlich ist es recht sehr, aber ich möchte doch nicht wieder unwissend werden, nein!

Sechszehnte Scene.

Clara. Moser. Lohberger (durch die Mitte).

Moser. Da finden wir ja das Mädchen gleich! komm' einmal her, Clärchen! (er stellt sich vor Clara hin und beobachtet sie scharf.) Wirklich, Sie haben Recht, Lohberger, habe bis jetzt nicht bemerkt, daß sie so herangewachsen ist; na, die Sache ist also abgemacht!

Lohberger. Ich werde mich bemühen, das Fräulein so günstig wie möglich zu stimmen.

Clara. Wofür?

Moser. Wozu die vielen Worte? abgemacht ist bei mir abgemacht! wie ich Ihnen sagte: eingesegnet wird sie erst zu Ostern, das fällt in diesem Jahre sehr früh, am 28. März, ultimo März wird die Verlobung declarirt, zugleich ist dann die Regulirung der ganzen Aktienabnahme; es ist ein doppeltes Ultimo-Geschäft und wird schlank abgewickelt werden.

Clara (erschreckt). Was sagst Du, Vater?

Moser. Daß ich Dich auf Lieferung verlobt habe; besser konnte ich mit Dir nicht saldiren.

Clara (empört). Nimmermehr!

Moser. Er nimmt Dich ohne Aussteuer. (Lohberger, der zusammen knickt, auf die Schulter klopfend) Der Brave! 's ist kaum zu glauben, daß das heut' zu Tage noch möglich war.

Lohberger (zu Clara, geziert). Nur Ihr reizendes Selbst verlange ich, und hoffe — au — in Ihren Armen eine zweite Jugend zu durchleben.

Clara (außer sich). Wie eine Waare behandelt, verschachert! — und Sie können denken, daß ich „ja" sagen werde?

Lohberger. Sie könnten mich erschrecken, wenn ich Sie durch diesen entzückenden Widerstand nicht noch begehrungswürdiger fände.

Moser. Kinder gehorchen! damit Punktum! es freut mich, daß ich Dich nicht lange auf Lager behalte, da spar' ich die Kosten; (zu Clara) und Du weißt, daß die Firma: „Leberecht Moser" niemals ein Geschäft rückgängig machte; auf Lieferung heißt bei mir „abgemacht"; wonach sich zu richten! Heinrich soll Champagner aufsetzen, muß was draufgehen lassen, daß ich einen so vollwichtigen, goldschweren Schwiegersohn in Aussicht habe (faßt Lohberger, der Clara zulächelt, bei'm Arm), kommen Sie vorerst in's Comtoir, um beide Geschäftsabschlüsse en detail zu Papier zu bringen!

Lohberger (im Abgehen sich zu Clara wendend). Rechnen Sie auf Erfüllung jedes Wunsches; nie werde ich Ihnen etwas abschlagen! (trällernd)
Bei Männern, welche Liebe fühlen,
Fehlt auch — au (stolpert) au!
(reibt sich den Fuß)
(Lohberger und Moser ab nach links.)

Siebenzehnte Scene.

Clara (allein).

Clara. Welch' Schicksal ward mir beschieden! ein Tag läßt mich den ganzen Werth des Lebens ahnen, und macht mich zugleich so namenlos elend! — O, meine Mutter, warum fehlst Du mir! — nun bleibt mir nichts, als den Weg zu Dir zu suchen! (sie sinkt weinend auf einen Sessel.)

Achtzehnte Scene.

Clara. Martha (von rechts aus der zweiten Thür).

Martha. Die Chocolade war gut, aber sehr gut; (schnalzt mit der Zunge) schmeckt noch in der Erinnerung; 's ist doch nett in solch' vornehmem Hause! (vorkommend) na nu?! Fräulein, noch in Thränen! hat er noch nicht abgebeten? i der Taugenichts, aber so sind sie Alle!

Clara (sich aufrichtend). Schmähen Sie ihn nicht, liebe Frau; die letzte Viertelstunde hat das Loos meines Lebens bestimmt, denn sie ließ mich seine Liebe erkennen, die ich theile.

Martha. Und da weinen Sie jetzt schon! Was wollen Sie denn erst thun, wenn Sie verheirathet sind?

Clara. Weil zugleich mein Vater mich mit einem Anderen, einem alten, abscheulichen Manne, verlobt hat.

Martha (ganz verblüfft). Ohne Sie zu fragen?

Clara (mit ausbrechenden Thränen). Ohne mein Wissen und Willen hat er mich auf Lieferung fortgegeben.

Martha (immer empörter). Auf Lieferung?

Clara. Ja, eben wird's im Comtoir unterschrieben und besiegelt.

Martha. Da schlag' das Wetter d'rein! Das dürfen wir nicht leiden!

Clara. Es ist nicht zu ändern; wenn Papa per ultimo abschließt, ist's unumstößlich; ich stehe ultimo März auf dem Schlußschein; aber lieber nehme ich mir das Leben!

Martha (macht einen Sprung vor Schreck). Reden Sie nicht so was —

Clara. Ich gehe in's Wasser — nein, das ist zugefroren; dann ersticke ich mich durch Kohlendunst!

Martha (entsetzt). Ach, hören Sie auf mit solchen Grauslichkeiten!

Clara. Nein, ich kann, ich will diesen ultimo nicht abwarten! (schluchzt laut.)

Martha (vorkommend, die Hände ringend). Muß mir passiren, daß ich in diese Kalamität mit hinein komme! (verzieht das Gesicht) Der Jammer des armen Kindes rührt mir das Herz! ach, ich bin zu gefühlvoll! (fängt auch an, laut zu schluchzen) wer hätte solch' Elend in diesem reichen Hause gesucht?! Mein Mann hatte Recht: es ist nicht Alles Gold, was glänzt, und gezwungen hat mich wenigstens Niemand, einen Anderen zu heirathen, denn meinen Lorenz hab' ich rechtschaffen gern gehabt und hab's auch noch! (wischt sich die Thränen rasch ab; grimmig) Wehe dem, der's nicht glaubt! — — (geht zu Clara und trocknet ihr aufschluchzend die Thränen) Weinen Sie nicht mehr — hm m m — ach, beruhigen Sie sich doch!

Clara (immer mehr weinend). Ich kann nicht.

Martha. Huuu — ich kann Sie nicht weinen seh'n!

(Beide weinen immer stärker, Jede zieht ein Taschentuch und schnaubt und räuspert sich; Eine schluchzt immer lauter wie die Andere.)

Neunzehnte Scene.

Clara. Martha. Moser. Lohberger. Max (kommen schnell Einer nach dem Andern von links herein.)

Max. Ist hier ein Unglück gescheh'n?

Moser. Welch' Lärm stört uns in unserer Berechnung?

Lohberger (mühsam hinkend, den Andern folgend). Fehlt meiner kleinen Braut Etwas? au! (knickt um.)

Max (erstarrt). Braut?!

Martha (erzürnt ihn prüfend). Braut?! haha! dann müßten wir nicht hier sein!

Moser. Was ist das für eine fremde Person?

Martha (die Hand auf die Brust legend). Person?! (schluckend) Person! ach, Das bleibt mir im Halse stecken; ich bin gar keine Person, sondern die ehrsame Schusterfrau Martha Flinken, die zunächst diese Rechnung, mit der Bitte (die Pantomime des Geldzahlens) zu berappen, zu übergeben hat! (zieht ein Papier aus der Tasche und giebt dasselbe an Moser.)

Moser. Wird später bezahlt werden!

Martha. Nee, ich kann nicht darauf warten!

Moser (zitternd vor Wuth). Noch ein Wort und ich werde von meinem Hausrecht Gebrauch machen.

Martha. Was —? mich zur Thür hinausweisen —?! na, hier muß erst im Hause das Gleichgewicht hergestellt werden; — o, ich fürchte mich nicht, wenn Sie mich auch noch so grimmig anblicken! also mit der Rechnung muß ich warten? na schön, abgemacht, ich warte auf den Trost

Israels in klingender Münze, — das war Nr. 1; — nun kommt aber Nr. 2; Sie wollen also Ihre Tochter mir Nichts, Dir Nichts verheirathen?

Mar (sehr erschreckt). Was hör' ich?

Lohberger (halb furchtsam, halb zuversichtlich vortretend). Ich bin der glückliche Bräutigam!

Martha (die Hände zusammenschlagend). Sie?! na da schlag Gott den Deubel dodt. — Huch! Bräutigam mit so 'ne klapprige Jammergestalt — so was is noch nich dagewesen!

Moser (immer wüthender auf Martha eindringend). Hat Sie danach zu fragen?

Martha (immer mehr schwadronirend). O gewiß. Das arme Kind hat keine Mutter mehr, die sich ihrer annehmen kann, eine Solche würde vielleicht zierlicher und feiner mit Ihnen reden, aber der Sinn wäre doch derselbe, und et kommt Allens auf Eens raus, wenn ich die Geschichte ooch nich mit Glacéehandschuhen anfasse!

Moser. Hinaus, sage ich — hinaus!

Martha. Das arme Mädchen mag aber solchen octrogirten alten nußknackrigen Bräutigam nicht!

Lohberger. Au! (springend) Das gab mir einen Stich in den Fuß!

Moser (aufstampfend). Und nun grade, nun soll die Verlobung schon gleich öffentlich gemacht werden!

Martha. Na, denn ist mit Ihnen Nichts anzufangen und werde ich mich nicht länger mit Ihnen aufhalten (schiebt ihn bei Seite, Moser ist sprachlos); denn zu Ihnen, mein alter Freund! (wendet sich Lohberger'n zu.)

Lohberger (ängstlich retirirend). Ich habe mit Ihnen gar Nichts zu schaffen!

Martha. Aber ich mit Ihnen!

Lohberger. Herr Moser, schaffen Sie mir dieses Weib vom Halse, oder jede Verbindung mit Ihnen ist abgebrochen! (läuft umher.)

Moser (zu Mar). Herr Born, schicken Sie zur Polizei, schnell!

Mar (bei Seite). Das werde ich wohl bleiben lassen, da kommt Hülfe in der Noth! (geht in die Comptoirthür links und steckt den Kopf lauschend vor.)

Martha (zu Lohberger). Entweder Sie treten zurück, oder Sie sollen mich kennen lernen!

Lohberger (ängstlich). Es ist Alles mit Herrn Moser abgemacht!

Martha. Was abgemacht?! Sie alter Knickebein wollen dies blühende Mädchen heirathen? jede Mutter würde sie Ihnen verweigern, und ich sage Ihnen: Sie kriegen sie nicht!

Lohberger. Mein Fräulein, sagen Sie dieser Frau —

Martha. Was, noch immer nicht? ich sagte Ihnen schon mal, daß ich Nichts mit Glacéehandschuhen anfasse; zeigen Sie sich doch mal in Ihrer Wirklichkeit (reißt ihm plötzlich die Perrücke ab, daß Lohberger mit kahler Glatze dasteht), und dann sagen Sie, ob Sie noch auf Freiersfüßen hier tanzen wollen?!

Lohberger (sich entsetzt an den Kopf fassend). Meine Haare, — meine Haare! (bindet sich sein seidenes Taschentuch um den Kopf.) (Clara bricht in lautes Lachen aus.)

Martha (die Perrücke hochhaltend). So'n Chignon! Das wäre 'ne Ueberraschung nach der Hochzeit! (legt sie auf den Tisch.)

Moser (verzweifelt umherlaufend). Mir ist zu Muth, als ob vollständige Panique an der Börse wäre!

Lohberger (auf Clara blickend). Sie lacht mich aus! Der Bräutigam ist unmöglich geworden! (nimmt die Perrücke) fort aus einem Hause, wo man so behandelt wird — Verlobung, Geschäft — Alles ist aufgehoben! (stürzt ab durch die Mitte.)

Moser (hinter ihm her). Meine $^3/_8$ Prozent! mein Verdienst! Den kann ich nicht im Stiche lassen, Alles will ich reguliren, es bleibt beim Alten. So hören Sie doch nur! (Ab, durch die Mitte.)

Zwanzigste Scene.

Martha. Clara. Max (tritt wieder aus der Thür links hervor).

(Clara eilt auf Martha los, umarmt sie, Beide reichen sich die Hand und tanzen zwei bis dreimal lustig und lachend umher).

Martha (sich pustend auf einen Stuhl setzend). Den wären wir los, der wird nicht wiederkommen!

Clara. Das größte Hinderniß haben Sie fortgeräumt!

Max (der Martha in seine Arme geschlossen hat). Und unser Dank wird Ihnen ewig bleiben!

Martha (wieder aufstehend). Was ist aber damit in der Hauptsache gewonnen?

Clara (sich an Max schmiegend). Daran denken wir vorläufig nicht; mir genügt es, in seine Augen zu blicken.

Martha. So ist das junge Volk stets! ich sehe ein schönes Lamento im Hause voraus! der heutige Tag war nur der Anfang von Kampf und Thränen; nee, da ist es doch in meiner kleinen Häuslichkeit gemütlicher; (zu den jungen Leuten) mein Mann behält Ihre Kundschaft, denn habe ich Gelegenheit, oft her zu kommen, und werde Ihnen schon auf die Strümpfe helfen und den Herrn Papa gehörig versohlen! — heute habe ich gezeigt, was ich kann.

Clara. Was jetzt kommt, wollen wir schon tragen; tragen wir es doch vereint und treu!

Max. Kräftig und fest nur das Ziel im Auge!

Martha. Forsch und resolut und nicht lange gefackelt kommen wir schon durch! — Spaß!

(Moser hinter der Scene.) Er ist fort! ich bin ein geschlagener Mann!

(Clara und Max fliehen entsetzt auseinander.)

Clara (sehr ängstlich). Der Papa! — —

Max. Der Herr! — —

Martha (setzt sich in Positur). Der Alte!

(Indem Moser durch die Mitte eintritt, entfliehen Clara und Max, indem sie sich Kußfinger zuwerfen, nach verschiedenen Seiten — Clara nach rechts in die zweite Thür, Max nach links in die Comtoirthür.)

Einundzwanzigste Scene.

Martha. Moser (durch die Mitte).

Moser (die Hand im Aerger vor die Augen haltend). O, meine Prozente! (aufsehend, Martha anblickend) Ha — Sie noch da?
Martha. Natürlich, ick warte uf mein Geld vor die Schuhe! —
Moser. Wenn Sie jetzt nicht gleich mein Haus verlassen — —
Martha. Echauffiren Sie sich nich — mich kriegen Sie doch nich kleene! —

Zank=Duett.
Moser.
Raus, sag' ich, nun auf der Stelle!
Martha.
Gott bewahre, ick bleib' steh'n!
Moser.
Ich ruf' Polizei um Hülfe,
Wenn Sie nun sogleich nicht geh'n!
Martha.
Polizei! mich sollte freuen,
Wenn sie nur gleich kommen möcht'!
Denn, dann müßten Sie bezahlen
Und ich käm' zu meinem Recht!
Moser.

zugleich. { Vor Aerger kann ich kaum mehr fort —
Die Frau behält das letzte Wort!
Martha.
Sie kriegen mich so leicht nicht fort,
Denn ich behalt' das letzte Wort!

(Beide wenden sich gegen einander in kampfartiger Stellung.)
Moser. Ich bin Herr —
Martha. Nein, nein, nein!
Moser. Hier im Haus!
Martha. Nein, nein, nein!
Moser. Und ich bring' —
Martha. Nein, nein, nein!
Moser. Sie gleich 'raus!
Martha. Nein, nein, nein!

Moser.
zugleich. { Ja, ja, ja, ja, ja, ja, ja, ja, ja! —
Martha.
Nein, nein, nein, nein, nein, nein.

(Moser fällt athemlos auf einen Stuhl und streckt Arme und Beine weit von sich.)
(Martha ab durch die Mitte.)

(Der Vorhang fällt.)

Zweite Abtheilung.
Die Schuhe der Sängerin.

Personen.

— Arabella Wendini, Primadonna eines großen Hoftheaters . . Frl. Clara Ungar.
Frau Trude Wendt, eine pommersche Bauersfrau, ihre
    Mutter . . . . Frau Neumann.
Baron Leo von Dahlen=Wappenheim, Arabella's
    Verlobter . . . . Herr Patonay.
Friedrich Rohrbommel, Kommis eines Manufactur=Geschäfts . Herr Wallroth.
Lips, der Theaterdiener . . . . Herr Mathias.
Rosa, Arabella's Kammermädchen . . . . Frl. Wienrich.
Martha, die Schusterfrau . . . . Frl. A. Schramm.

(Die Bühne stellt einen eleganten, mit großer Koketterie eingerichteten Salon bei der Sängerin Arabella vor. An mehreren Stellen Blumentische und Ständer mit grünen Topfpflanzen, zwischen denselben weiße Statuen. Die Hinterwand enthält ein großes Fenster, durch welches man auf die Straße blickt. Links eine Seitenthür, die zum Korridor führt, rechts eine Thür, die in das Innere der Wohnung geht. — Ueberall prachtvolles Mobiliar in glänzenden Farben.)

Erste Scene.
Rosa (allein).

Rosa (sitzt im Vordergrunde und näht an einem Bauernanzuge, neben ihr liegt buntes Band u. s. w., womit sie den Anzug garnirt). Die Arbeit ist zu anstrengend und das Besatzband nimmt kein Ende; aber der Anzug sieht reizend aus — das ärgert mich noch am allermeisten; immer mit Mühe das zu arrangiren, worin eine Andere glänzt und Triumphe feiert! es ist abscheulich; ach, ich bin unter einem unglücklichen Stern geboren, daß ich es nicht weiter wie bis zum Kammermädchen gebracht habe; an mir liegt's doch nicht, daß ich keine große Künstlerin geworden bin? Die Hauptsache, die dazu gehört, hätt' ich so gut wie Jede! — (achselzuckend) aber kein Glück; na, wenn ich mal einen Protektor finde, ich halte ihn, wo ich ihn kriegen kann! — So, das Band sitzt fest, nun kommen die blanken Knöpfe an die Reihe! (näht emsig weiter.)

Zweite Scene.

Rosa. Martha (von links).

Martha. (die rothen Seidenschuhe in der Hand). Ach, — hier ist's ja, als ob man in ein Zauberreich träte! — ach!

Rosa (aufsehend). Wer ist da?

Martha (vorkommend). O bitte tausendmal um Entschuldigung, daß ich Sie nicht gleich geseh'n habe — (knirend) aber das gnädige Fräulein werden begreifen, daß mich diese Pracht hier blendet. —

Rosa. Was wollen Sie denn?

Martha. Ihnen die bestellten Seidenschuhe bringen, in denen Sie wieder Alles bezaubern werden; nein, daß so schön Sie in der Nähe sind, habe ich mir doch nicht gedacht — ach, diese Augen, diese Haare und das nette Kleid, (das Kleid ehrfurchtsvoll mit den Fingern anfassend) hm — reine Seide, ach, wer doch auch solche Sängerin wäre wie Sie!

Rosa (geschmeichelt). Sie sind recht artig, liebe Frau, aber sie täuschen sich.

Martha. Nee, nee, ich täusche mir nie! Sie sind, noch so nahe beseh'n, wirklich reizend.

Rosa. Möglich, aber ich bin nicht die Sängerin, sondern nur ihr Kammermädchen, und nähe eben den Anzug zur neuen Oper, wozu Sie die Schuhe bringen!

Martha. Ich falle um! Sie das Kammermädchen, ach, wie muß dann erst die Herrin ausseh'n!

Rosa. Ja, die rauscht nur in Sammt und Atlas!

Martha. Ach, so'n Gerausche muß eenzig sind!

Rosa (spöttisch). Ihr kostet's nichts!

Martha (erschreckt). Macht sie Schulden? das wäre für meine Schuhe böse!

Rosa. I bewahre, ihr fällt Alles in's Haus!

Martha (ganz verdutzt). Ach nee! —

Rosa (lachend). Man muß nur wissen, wie es gemacht wird!

Dritte Scene.

Die Vorigen. Rohrdommel (von links).

Rohrdommel (zwei große Packete tragend). Habe die Ehre, guten Morgen zu wünschen!

Rosa (aufstehend). Guten Morgen, mein Herr!

Rohrdommel. Ich bin Commis aus dem Manufacturgeschäft von Haase & Comp.

Rosa. Ah — also ein wichtiger Mann!

Rohrdommel. Und bringe hier ein Stück Lyoner Sammt und ein dito genuesischen Poult de Soie für die göttliche Signora Wendini —

Martha. Mir vergeht die Luft vor Ehrfurcht!

Rosa (nimmt die Packete). Hat Mademoiselle dieselben bestellt?

Rohrdommel. Nein, sie hat seit 14 Tagen uns nicht beehrt; die Stoffe schickt der Fürst von Massy, hierzu seine Karte — (giebt ihr eine Visitenkarte).

Rosa (einen Blick auf die Karte werfend, lesend). Fürst Selma zu Massy, Herr zu, von und auf Schloß Greifenstein, empfiehlt sich mit Versicherung unbegrenzter Verehrung und Dienstfertigkeit! (seufzend) ach, warum bietet er mir nicht seine Dienste an, ich könnte (halblaut) auch davon Gebrauch machen! (laut zu Rohrdommel) Schön, ich werde es abgeben!

Rohrdommel (sieht sich scheu um, leise zu Rosa). Ich hätte noch Etwas auf dem Herzen, darf ich Ihnen vertrauen!

Rosa (kokettirend und blinzelnd). Vertrauen Sie nur!

Rohrdommel (einen Brief aus der Tasche ziehend). Hier hätte ich noch einen Brief.

Rosa. Vom Fürsten?

Rohrdommel. Nein, von mir.

Rosa (schnell). An mich?

Rohrdommel. Nein, für die himmlische Signora!

Rosa (enttäuscht). Ach so!

Rohrdommel. Wollen Sie ihn ihr übergeben?

Rosa (nimmt den Brief und befühlt ihn prüfend). Ist was d'rin?

Rohrdommel (schwärmerisch). Ein Gedicht!

Rosa (geringschätzig). Weiter Nichts?

Rohrdommel. Ich mußte meinen Gefühlen Ausdruck verleihen, ich habe die entzückende Signora in allen Rollen gesehen und bin — rein weg wie Alle! — ach!

Rosa. Na schön, ich werd's übergeben! (bei Seite) kommt in'n Papierkorb, wie alle Andern; alle Sonnabend ist er voll von solchen Ergüssen, dann krieg' ich sie ungelesen zum Feueranmachen!

Rohrdommel. Nun ist mir leichter — da sie doch wenigstens erfahren wird, was ich für sie empfinde! (deklamirend) Singende Sirene, seit süßer Schall sanft sich sämmtlichen Sinnen einschmeichelte — (zu Rosa sprechend) Bemerken Sie, Alles mit dem Buchstaben S, — (wieder poetisch deklamirend) War, wonn'ge Wendini, wohliges Weh, was wir empfanden vorweg! (zu Rosa sprechend) Dominirt der Buchstabe W — als zarte Huldigung ihres Namens Wendini — o W, Weh, Weh! so geht's in 17 Strophen fort!

Rosa (die Hände zusammenschlagend). Hören Sie auf, das geht ja noch über den Text von Wagner's Rheingold!

Rohrdommel. Der Kunstenthusiasmus macht zu Allem fähig; nun, habe die Ehre, mich zu empfehlen, geben Sie aber gleich meinen Brief ab; (macht eine Verbeugung und deklamirt beim Abgehen) War wonn'ge Wendini, wohliges Weh', was wir empfanden vorweg! (Ab nach links.)

Vierte Scene.

Rosa. Martha.

Rosa (zu Martha). So geht's alle Tage; sie bezaubert die ganze Welt, Sie haben nun gesehen, wie es Geschenke regnet.

Martha. Das ist ja ein Leben, wie eine Prinzessin, was muß die glücklich sein; — ich habe kaum den Muth, Sie zu bitten, mich anzumelden, daß ich die Schuhe abgeben kann.

Rosa. Mademoiselle ist augenblicklich gar nicht zu Hause —

Martha. Nicht? Ich athme wieder auf.

Rosa. Sie ist in der Probe von der neuen Oper, aber bald muß sie zurückkommen!

Martha. Hier behalte ich Recht: es giebt kein größeres Glück, als Sängerin zu sein; — diese Geschenke — nein, das hätte ich nicht für möglich gehalten!

Rosa. Na, die werden nun bald aufhören. —

Martha. Wieso?

Rosa. Weil sie seit einigen Tagen verlobt ist; das wird bekannt gemacht und da werden die andern Anbeter wohl etwas zurückgedrängt werden.

Martha. Verlobt? Mit wem denn!

Rosa. Mit dem Baron von Dahlen!

Martha (läßt das Nähzeug fallen). Sie wird auch noch Baronin? Nein, es geht nichts darüber, Sängerin zu sein! Mein Alter wird Augen machen, wenn er das hört, hierbei muß er zu Kreuz kriechen!

Rosa. Still, da fährt ein Wagen vor! — (springt auf, eilt an das Fenster im Hintergrund und blickt hinaus.) Ja, sie ist's!

Martha (ebenfalls aufstehend). Mir klopft das Herz; so 'ne Künstlerin imponirt doch mehr, wie alles Andere; ach, wenn ich doch an ihrer Stelle wär'!

Rosa (nimmt den Anzug, an dem Beide nähten, über den Arm). Ich muß schnell frische Kohlen im Boudoir auflegen, kommen Sie mit, da können Sie was von Einrichtung seh'n! (Wendet sich nach rechts.)

Martha. Ja, so lange wie möglich will ich den Aufenthalt hier genießen! (etwas vorkommend) nee, so glücklich muß ich auch werden; was hält mich ab, auch auf's Theater zu geh'n — Stimme habe ich — (sie singt einen schnellen Lauf) na also! (kokettirend) so einige Blicke zu werfen — darauf käm's mir auch nicht an, meine Blicke sind nicht von schlechten Eltern! (Beide ab durch die Seitenthür nach rechts.)

Fünfte Scene.

Arabella (von links).

Auftrittslied.

Mein Leben gleichet meinem Stand, den Regeln der Musik,
Gar manche Dissonanz sich fand, durchklingend mein Geschick!

Wie nahte sich der Narren Heer mir oft so abgeschmackt,
Ich gab gar Manchem scharfe Lehr' in abgemess'nem Takt!

Wie klomm so mühsam ich empor, Andante ging es sacht,
Gar manche Pause fand sich vor, bis ich Carrière gemacht!

Nun steh' ich auf der Scala Höh', beherrsch' Coloratur,
Doch wie ich oft nach Athem ring', weiß heimlich selbst ich nur.

Allegro jauchzet auf mein Herz, empfind' ich Sympathie,
Doch störte oft der Täuschung Schmerz der Freude Harmonie.
So will ich denn genügsam sein und nur auf Echo seh'n,
(verbindlich zum Publikum)
Wo Gegenklänge mich erfreu'n, da mag Fermate steh'n!

Nein, ich halte es kaum aus! es gehört die ganze Kraft meines starken Willens dazu, um der Welt gegenüber dies Scheinbild trügerischen Glanzes aufrecht zu erhalten! Wohl mir, daß sich ein Mittel fand, bald in den Hafen der Ruhe einzulaufen — die Liebe bietet mir ein Asyl! — ach, wenn ich sie nur selbst empfände! (erschreckt sich umsehend) — welch' unbedachtes Wort! — hab' ich die Liebe doch lange genug auf den Brettern gespielt — nun werde ich diese Rolle im Leben fortsetzen; aber die Treue soll ihr wenigstens zur Seite stehen und wir werden glücklich sein!

Sechste Scene.

Arabella. Baron Leo (von links).

Baron. Störe ich — oder darf ich eintreten?

Arabella (ihm die Hand reichend). Sie wissen wohl, daß ich Sie stets willkommen heiße.

Baron (ihr die Hand küssend). Doch ich sehe Sie in voller Toilette, wollen Sie ausgehen?

Arabella. Im Gegentheil; ich komme soeben aus der Probe und will schnell in meinem Boudoir dies Enveloppe ablegen; erwarten Sie mich, ich bin sogleich wieder bei Ihnen.

Baron. Wenn Sie nicht zu ermüdet wären, meine Theure, möchte ich Sie bitten, mich zu begleiten.

Arabella. Wohin?

Baron. Um das Fundament unseres Glückes zu legen.

Arabella (verführerisch). Hat das nicht schon jene süße Stunde gethan, wo wir unsere Herzen austauschten!

Baron (ihr wiederholt die Hand küssend). Sie sind ein Engel, mich an jene Minuten zu erinnern; aber ich muß als Mann an die reale Wirklichkeit denken; ich komme soeben vom Justizrath Merker, der unsern Heirathscontract aufsetzen soll.

Arabella. Wie besorgt Sie für meine Zukunft sind.

Baron. Ich hoffe, Ihre Liebe wird mit allen Punkten zufrieden sein, 20,000 Thaler Reugeld, wer zurücktritt.

Arabella (betroffen). Denken Sie an solche Möglichkeit?!

Baron (sehr galant). Erkennen Sie meine Liebe in der Vorsicht.

Arabella (kokettirend). Sie haben Recht, ich bin eine Frau, die sich in Allem leiten läßt.

Baron. Und werd' ich stets für Ihren Vortheil sorgen! so darf ich Sie um Ihren Arm ersuchen?

Arabella. Geh'n Sie nur voran; ich folge sogleich, — ich will nur meinen Domestiken nöthige Befehle geben!

Baron (ab nach links).

Siebente Scene.

Arabella (allein).

So steh' ich denn am Ende meiner Wünsche; nach jahrelanger Mühe, nach sicherster Berechnung — selbst nach Demüthigungen mannichfacher Art hab' ich's bis zur Höhe dieser Stellung gebracht! — nun werd' ich sie zu behaupten wissen! (wendet sich nach rechts, rufend) Rosa!

Achte Scene.

Arabella. Rosa (von rechts).

Rosa. Fräulein befehlen?
Arabella. War Niemand in meiner Abwesenheit hier?
Rosa. Stoffe nebst Karte des Fürsten Massy sind abgegeben.
Arabella. Dergleichen wird in Zukunft nie mehr angenommen!
Rosa (will ihr den Mantel abnehmen). Darf ich Ihnen behülflich sein?
Arabella. Lassen Sie, ich gehe sogleich wieder aus! Ich wollte hauptsächlich Ihnen den Befehl geben, Jedermann abzuweisen; mein Verlobter kommt nachher mit mir zurück, ich wünsche ungestört zu sein!
Rosa. Dann sind die Schuhe zu dem neuen Kostüm gekommen!
Arabella. Schon gut; sie werden mir hoffentlich passen!
Rosa. Davon können Sie sich sogleich selber überzeugen; die Schuhmacherfrau wartet auf Sie!
(Sie winkt Martha, die schon kurz vorher neugierig hereinsah, näher.)

Neunte Scene.

Die Vorigen. Martha (von rechts).

Martha (die rothen Schuhe in der Hand, knixend). Nee, zu schön, zu schön!
Arabella. Die Schuhe?
Martha. Gott, wer denkt an das Leder, wenn man Sie sieht — nee, ich meine Ihnen!
Arabella (lachend). Eine Schmeichelei, die vielleicht aufrichtiger ist, als manche meiner bisherigen Anbeter, darum nehme ich sie gerne an — (nickt ihr freundlich zu).
Martha. Und wie Sie einen lieb anseh'n — vor Ihnen ging ich durch't Feuer!
Arabella. So thun Sie mir den Gefallen und warten ein Viertelstündchen.
Martha. So lange Sie wollen.
Arabella. Ich habe keine Minute Zeit mehr und möchte die Schuhe erst anprobiren, damit später keine Weitläufigkeit entsteht; ich bezahle sie Ihnen dann gleich! — Auf Wiedersehen, Frauchen! (Ab nach links.)

Zehnte Scene.

Rosa. Martha.

Martha. Hier wartete ich den ganzen Tag! ich muß ihr nachseh'n, sie ist zu reizend! (Eilt an das Fenster im Hintergrunde.)

Rosa. Ja wohl, dafür ist sie auch Künstlerin, ihre Kunst ist groß genug, um ihre Natur zu verdecken! kennen Sie die man erst näher!

Martha (aus dem Fenster blickend). Ach, da ist sie unten! (ihr nachmachend) hm, dieser schwebende Gang, uh, wie geschickt sie das Kleid aufhebt! ach! — (macht es ebenso.)

Rosa (höhnisch). Na, kommen Sie man zu sich!

Martha. So 'ne reizende Person hab' ich doch mein Lebtag nicht geseh'n; es ist schändlich, daß sie heirathen will, sie ist für'n Mann viel zu schade — ich gönnte sie Niemand!

Rosa. I, sie muß daran denken, sich zu versorgen; Heirathen ist besser, als Singen; wenn sie alt wird und die Stimme verliert, würden die guten Zeiten vorbei sein; na, nu kommen Sie, helfen Sie mir ein bischen beim Nähen, der Anzug ist gleich fertig! (Ab nach rechts.)

Eilfte Scene.

Martha (allein).

Ich komme gleich; ich muß ihr nur nachgucken, so lange ich sie sehen kann — da geht sie in's Haus — hu, wie sie die Schleppe nachzieht! — (vorkommend) Wie diese Sängerin geborgen ist, nu braucht sie auch nicht zu fürchten, daß sie die Stimme verliert — das ist allerdings ein Malheur, wenn einem so die Stimme — ick sage immer Puste — ausgeht! — wir armen Handwerkerfrauen haben es dagegen zu schlecht!

Couplet.
(Sehr derb, in etwas gedehntem Ton.)
Was müssen wir armen Frauen nicht leiden?
Auf'n Kopf steigt uns stets das stärk're Geschlecht,
Wenn nur meine Lunge kräftiger wäre,
Verschafft ich den Weibern glänzendes Recht!
(sehr schnell schwadronirend)
Wir sollen stets zu Hause sitzen
Am Kochtopf und am Heerde schwitzen,
Die Knöpfe annäh'n, Kleider waschen
Und seufzen bei des Strickstrumpfs Maschen,
Mit Besen kehren Dielen, Treppen,
Die Männer hätscheln, Kinder schleppen,
Und endlich —
(im gurgelnd, stotterndem Tone, als ob es zu viel wäre)
Ooooooh!
(fährt mit dem Zeigefinger wie abschnappend über die Kehle)
Nee, das ist zu toll und kaum zu ertragen,
Da muß einem woll die Stimme versagen! —

Und hat man im Kasten einige Groschen
Im Schweiß des Angesichts mühsam verwahrt,
Wünscht bald der Steuermann uns guten Morgen
Und pfutsch ist das Geld, was sorglich erspart!
(schnell)
Besteuern sie nicht schon — ich bitte,
Gewerbe, Hunde, Häuser, Miethe?
Die Einnahm' doppelt — Staat und städtisch,
Bald kommt 'ne neue, das versteht sich;
Sie werden noch den Steuersegen
Uf neugebor'ne Kinder legen —
Und endlich — — —
(stotternd) Oooooh!
(mit dem Finger über die Kehle fahrend)
Nee, das ist zu toll und kaum zu ertragen,
Da muß einem wohl die Stimme versagen! —

Und will man 'ne neue Wohnung sich suchen,
Na, da is nu schon das höh're Plaisir,
Die Wirthe einem Bedingungen machen,
Die Haar' auf dem Kopfe sträuben sich schier!
(schnell)
Wir sollen stets vor allen Dingen
Die hohe Miethe vorher bringen,
Und des Contractes Paragraphen
Die lassen uns nie ruhig schlafen,
Bald soll'n wir, um das Haus zu schonen —
Bezahlen, und — wo anders wohnen!
So kommt es — — —
(stotternd) Oooooh!
Nee, das is zu toll und kaum zu ertragen,
Da muß einem wohl die Stimme versagen!

Dacapo-Vers.

Wenn nachsichtsvoll Sie hervor mich hier rufen,
So komme ich lustig sogleich zurück;
Erreichen mein Ohr Ihre Beifallszeichen,
So giebt es für mich kein größeres Glück!
(schnell)
Ich singe dann wohl immer wieder,
So anspruchslose kleine Lieder —
Und werde stets aus allen Ecken,
Scherz, Lustigkeit, Humor erwecken,
Was ist wohl Beß'res heut zu machen?
Als man lacht selbst und lässet lachen —
Unendlich — —
(mit Verbeugung) Aaaaah!
(die Hand fest auf die Kehle legend)
Hier will immerfort ich Neues vortragen,
Vor Ihnen soll nie meine Stimme versagen! —

(Nach wiederholtem Ruf sprechend). Nun ist aber — nur für den Augenblick — die Stimme mir wirklich ausgegangen! (Die Hand am Mund) ich komme aber bald wieder. (Ab.)

Zwölfte Scene.
Arabella. Lips (von links).

Arabella (zuerst eintretend, humoristisch). Ei, was bedeutet denn das? Der Schicksalsbote an meiner Thür? Das Fatum in Gestalt unseres allmächtigen Theaterdieners?

Lips (Notenhefte, Rollen, Bücher u. s. w. tragend). Ein Glück, schöne Signora, daß Sie so guter Laune sind. —

Arabella (lustig an das Fenster eilend). Das bin ich! (nickt und winkt hinaus.)

Lips. So werde ich mich um so leichter meines heiklichen Auftrages entledigen.

Arabella (ihn abwehrend). Einen Augenblick! (sieht wieder aus dem Fenster) Ha, wahrhaftig, er geht drüben in das Bijouteriegewölbe! (scherzhaft drohend) warte! darum schickte er mich also voraus! (vorkommend). Bedarf es denn stets Juwelen, um eine glückliche Stimmung zu documentiren? (für sich triumphirend) mir genügt schon die Anwartschaft auf den glänzenden Namen — ach, Baronin Dahlen! Das schmückt und hebt mich mehr, als alle Brillanten der Welt! nun, guter Lips (ihm auf die Schulter klopfend), was bringen Sie?

Lips (sich verlegen am Ohrläppchen zupfend). Ach, große Confusion, Hindernisse, rothe Zettel und heillose Verwirrung, wenn Sie nicht helfen!

Arabella (hat Mantel und Hut abgeworfen, stutzend). Ich?

Lips. Fräulein Schnipser hat so eben ein Attest geschickt, sie könne heute Abend die Elsa im „Lohengrin" nicht singen.

Arabella. Das konnte man erwarten; sie hat gestern Abend im Ressourcen-Verein Lieder gesungen und dann die Nacht durchtanzt! — Da ist sie nicht im Stande, ihren contractlichen Verpflichtungen nachzukommen!

Lips. Fräulein Scheerenberg ist beurlaubt; wir können keine Oper heute geben, wenn Sie nicht rasch einspringen; dann wäre „Fidelio" möglich!

Arabella (stolz). Was? ich, die Primadonna assoluta, aushelfen?! niemals! ich lasse mich höchstens vertreten, vertrete aber nicht Andere!

Lips. Liebes, bestes Fräulein, wir sind in größter Verlegenheit; mitten in der Saison, wo so viel Fremde anwesend sind, können wir doch nicht die Bude zumachen?!

Arabella. Warum trifft die Direction nicht bessere Dispositionen? ich komme eben aus der Probe, übermorgen singe ich eine neue Rolle — wie würde ich da wohl heute Abend auftreten? nein, nein, nein!

Lips. Helfen Sie uns doch aus der Patsche.

Arabella (wirft sich in den Sessel, kokett). Ich bin auch so fatiguirt; die Stimme ist von der Probe angestrengt und ganz belegt, da hören Sie (räuspert sich und läßt einige heisere Töne hören), es geht heute nicht!

Lips (mit listiger Vertraulichkeit). Na, mir werden Sie doch nicht so 'ne Komödie vorspielen wollen?

Arabella (beleidigt thuend). Herr Lips — ich muß bitten —

Lips. Machen Sie doch man keine Flausen; der alte Lips ist vom Handwerk, wollen Sie oder wollen Sie nicht?

Arabella (heiser sprechend). Sie hören, es geht nicht! ich habe keinen Ton in der Kehle!

Lips. Na, denn habe ich einen andern Ton; (sehr bestimmt) wenn Sie nicht singen wollen, so soll ich, im Auftrage der Direction — die Parthie des „Fidelio" Ihnen abholen!

Arabella (aufspringend, außer sich). Was?!

Lips. Und sie der kleinen Mademoiselle Schneider hinbringen.

Arabella (höhnisch). Soll die die Parthie copiren?

Lips (ebenso). Nein, sie soll sie heute Abend singen!

Arabella (wüthend werdend). Was?!

Lips. Ja, die kleine Schneider ist fleißig gewesen, hat im Stillen viele große Parthien studirt und längst der Direction im Geheim ihr Repertoir zur Aushilfe geschickt!

Arabella. Ich ersticke!

Lips. Sie erfreut sich sehr hoher Protection und ist dem Director wiederholt empfohlen!

Arabella (murmelnd). Ich weiß, ich weiß!

Lips. Der Augenblick ist da, wo sie Carrière machen kann, denn, wenn Sie nicht singen wollen, wird der Versuch gemacht! — also?!

Arabella. O, diese Kabalen, diese Intriguen hinter meinem Rücken! —

Lips. Na, haben Sie sich besonnen?

Arabella. Nun grade nicht! Ihr wollt mich zwingen, aber ich werde Euch einen Strich durch die Rechnung machen! (triumphirend) Ein Glück, daß der Contract beim Justizrath unterschrieben ist, der hebt meine Verpflichtung gegen das Theater auf; ich werde davon Gebrauch machen!

Lips (für sich). Macht sie wirklich Ernst?

Arabella (ist an eine Etagère getreten, reißt Bücher, Noten u. s. w. herunter, wirft Alles durcheinander und giebt ein großes Heft dem Lips). Da haben Sie Ihren Fidelio, und nun mir aus den Augen!

Lips. Fräulein, bedenken Sie die Folgen!

Arabella (trampelnd). Hinaus, sage ich.

Lips. So bestell' ich sogleich das Orchester zur Probe für Mademoiselle Schneider! (für sich, listig) Hast Du uns oft genug chicanirt, nun bist Du selber mal barbirt! (sich wendend) Guten Morgen!   (Ab.)

Dreizehnte Scene.

Arabella (allein).

Er geht wirklich! meine Parthie, mein Fidelio! o — mir ist, als ob mein Herz brechen müßte! — nein, diese Aufregungen der Bühne — o, ich entsage ihr, ich werde Ruhe in der Ehe finden! — aber nein, was hilft mir ein vornehmer Mann, wenn eine Andere in meinen Parthien Triumphe feiert? o, diese Schneider, diese Schlange! ach, mir schwindelt — (rufend) Rosa! Rosa! (rührt heftig eine Klingel) zu Hülfe! (fällt auf einen Sessel) ich würde sterben, wenn ich nicht an die Schneider denken müßte!

Vierzehnte Scene.

Arabella. Rosa. Martha (von rechts hereinstürzend).

Rosa. Was ist denn geschehen?
Martha (um Arabella beschäftigt). Ach, Du Gotte, Gotte, Gotte doch! Da liegt sie bleich und regungslos! (ringt die Hände.)
Arabella (schwach mit halbgeschlossenen Augen). Ach — ich sterbe.
Rosa (sehr ruhig). Weiter nichts? (zuckt die Achseln.)
Martha (zu Rosa). Rufen Sie doch den Bedienten aus dem Vorzimmer; lassen Sie einen Arzt, ein, zwei, drei, vier, fünf Aerzte holen!
Rosa (ohne sich zu rühren). Das geht von selbst über, ich kenne das!
Arabella. O, ich bekomme meine Migraine! ach! (athmet schwer.)
Martha (am ganzen Leibe zitternd). Sie hat eine Makarele, das muß ja schrecklich sein!
Rosa (zu Martha). Beruhigen Sie sich doch!
Martha. Bekümmern Sie sich doch lieber um Ihre arme Herrin!
Arabella (halb sich aufrichtend). Die Person ließe mich wirklich umkommen! mich ärgert Alles! (sinkt wieder zurück.)
Rosa. Ich werde Ihnen ein Brausepulver holen! (zu Martha leise) — Lassen Sie sich doch nicht so verblüffen! Päh! — (Ab nach rechts.)

Fünfzehnte Scene.

Arabella. Martha.

Martha (ganz verwirrt). Ich bin ganz außer mir, nee, so was habe ich noch gar nicht geseh'n!
Arabella (ihr die Hand reichend). Gute Frau, Ihre Theilnahme freut mich, (sich halb aufrichtend) es geht schon etwas besser!
Martha. Gott sei Dank! die Kniee bibbern mir! was war denn der Grund dieser schrecklichen Makarele?
Arabella. Aerger, tödtlicher Aerger, der mit meiner Stellung verbunden ist! — ach, es giebt nichts Schlimmeres, nichts Erbarmungswürdigeres, als eine berühmte Sängerin zu sein!
Martha (ganz verdutzt). Was? — nee, da könnte mir nu schwach werden! (setzt sich kraftlos auf einen Stuhl.)
Arabella. Durch wie viel Jammer und Elend habe ich den Weg zu dieser Höhe gemacht, meine ganze Lebenskraft gehört dazu, um mich zu behaupten, und doch hilft Alles nichts; ein Tag kann uns stürzen; die Oeffentlichkeit, die auf uns sieht, posaunt unsere Niederlage in alle vier Winde — o, diese Schneider — wenn sie reüssirte! — ach, ich verwünsche es, jemals einen Ton gesungen zu haben! —
Martha. Ich bin sprachlos! wenn mein Mann auch hier Recht behalten sollte, nee — ich bin reine geklascht!
Arabella (böse aufstehend). Schlecht bedient bin ich auch im eigenen

Hause (zerknittert ihr Taschentuch), man kommandirt Tausende, und wartet vergebens auf ein Brausepulver! (klingelt heftig.)

Sechszehnte Scene.

Die Vorigen. Rosa (mit Wasser und Pulver in Papier, von rechts).

Arabella. Na, wird's bald?
Rosa. Ich kann doch nicht fliegen! (reicht ihr das Wasser.)
Arabella. Langsam, wie immer! (trinkt indeß.)
Rosa. Ich habe den ganzen Vormittag für Sie mir die Finger wund genäht, und doch noch Vorwürfe! hm!
Arabella. Ein Wort noch —
Rosa. Lassen Sie Ihre Launen nur an mir aus, wie immer, das zieht nicht mehr bei mir.
Martha (die sich gar nicht beruhigen kann und fortwährend die Hände kopfschüttelnd zusammenschlägt). Man muß wirklich nicht so in die Häuslichkeiten seh'n! — erst sah sich Alles so schön hier an und nun —?
Arabella (zu Rosa). Sie sollten doch ein wenig Rücksicht auf meine schwachen Nerven nehmen!
Rosa (patzig). Ich habe auch Nerven!
Martha (über die Antwort entsetzt, springt auf und winkt Rosa zu). Danken Sie doch Gott, daß sie wieder gesund ist und mucken Sie nicht so auf.
Rosa. Was Sie sind, kann ich auch alle Tage werden! Heute Du, morgen ich!
Arabella. Unverschämte!
Rosa. Dergleichen Bezeichnungen verbitte ich mir.
Arabella. Und ich mir diesen Ton —
Rosa. Den ich Ihnen abgesehen habe, man bildet sich fort! höher will ich steigen! gerade wie Sie!
Martha (bei Seite). Und wie ich! — sollte ich auch im Zorn so garstig aussehn?
Arabella. Nun hab' ich's aber satt!
Rosa. Ich mit Ihnen schon längst! —
Arabella. Sie sind entlassen.
Rosa. Denken Sie, ich werde Sie bitten, mich zu behalten? — bewahre, ich gehe gleich, ich bin nicht in Verlegenheit! wie ich letzt für Sie im Theaterbüreau war, sagte man mir, daß ich eine reizende Choristin abgeben würde; nun werde ich für mich selbst Anzüge nähen, und immer mehr steigen, bei Ihnen hab' ich's ja gelernt, wie's gemacht wird!
(Macht einen spöttischen Knix, dann schnell ab nach rechts.)

Siebzehnte Scene.

Arabella. Martha.

Arabella. Auch das noch! — Allen Trouble im Hause, und nun noch ohne Kammermädchen! giebt's ein unglücklicheres Geschöpf als ich?!

Martha. Grämen Sie sich nicht; für den Augenblick bleibe ich bei Ihnen! (derb) ich kann was leisten, wenn ich was in Ordnung bringen will, und helfen will ich Ihnen, wenn ich auch schon nicht mehr an Ihrer Stelle sein möchte! —

Arabella. Ich nehm' es an; wenn Sie nur einige Stunden bei mir bleiben wollten, bis ich mich etwas gesammelt habe —

Baron (hinter der Scene links). Halten Sie das Packet, bis ich den Paletot abgelegt habe!

Arabella (sich stolz aufrichtend). Ha, seine Stimme, das richtet mich wieder auf!

Martha (gutmüthig). Na, sehen Sie wohl!

Arabella. Es ist nicht mehr allein die Sehnsucht nach seinem höheren Rang, nein, die frohe Aussicht, daß ich mich an ihn anlehnen und Ruhe finden kann!

Martha. Ja, ja, so'n Baröncheu wächst nicht alle Tage! — Den halten Sie man fest!

Arabella (auf die Sachen zeigend). Tragen Sie Mantel und Hut aus dem Salon in mein Kabinet und warten Sie auf mich! wollen Sie so gut sein?

Martha (nimmt Arabella's Mantel und Hut). Ich werde mir indeß den eben genähten Bauernanzug mal überwerfen, ob der Rock auch nicht zipfelt! Sie haben zu nette Augen, für Sie schlag' ich den Teufel aus der Hölle. (Ab nach rechts.)

Achtzehnte Scene.

Arabella (allein).

Ich geh' ihm freudiger als je entgegen; ich bin matt von allen Nadelstichen kleinlicher Alltäglichkeit; vielleicht lern' ich ihn noch wirklich lieben! (Geht nach links hinüber, dem Baron Leo entgegen.)

Neunzehnte Scene.

Arabella. Baron Leo (von links).

Baron Leo (ein Packet in der Hand). Verzeihen Sie, Arabella, wenn ich Sie so lange warten ließ; was ich Ihnen mitbringe, mag meine Entschuldigung sein! — (er wickelt das Packet auf und reicht ihr ein Kästchen.)

Arabella (dasselbe öffnend). Wozu diese kostbaren Steine? Ihre Liebe ist mir ja theurer als Alles!

Baron. Wie reizend, das aus Ihrem Munde zu hören (er zieht sie neben sich auf ein Sopha). Der heutige Tag soll aber auch eine echte Liebesfeier werden!

Arabella. Gewiß; Sie werden mich keinen Augenblick verlassen und wir wollen entzückende Pläne für die Zukunft machen.

Baron. Da wir nun den Kontrakt unterzeichnet haben, soll heute unsere Verlobung öffentlich gemacht werden!

Arabella. Sie haben zu bestimmen!

Baron. Ich habe bereits vom Justizrath aus einige Billets an meinen Onkel und meine nächsten Freunde gesandt und sie hierher eingeladen; ich gehe später noch einige Augenblicke zum Restaurant, der ein glänzendes Souper hierher senden soll! — Sie sind doch für heute Abend frei!

Arabella. Von heute an gehöre ich Ihnen ganz und gar —

Baron. Wobei sich Ihre Zukunft nicht schlecht befinden wird; unsere Heirath lös't Ihren Kontrakt mit dem hiesigen Theater? nicht wahr?

Arabella. Ja wohl; Paragraph 10 macht mich frei!

Baron. So zeigen Sie unsere bevorstehende Vermählung der Direktion an.

Arabella. Noch heute soll es geschehen; o, wie glücklich bin ich, diesen abscheulichen Brettern entsagen zu können; ja, führen Sie mich fort auf Ihre Güter, um ganz uns selbst zu leben; nur Ihnen soll bisweilen ein Liedchen tönen, als Erinnerung meiner künstlerischen Vergangenheit!

Baron (bestürzt zurückprallend). Was, Sie wollten überhaupt nicht mehr auftreten?

Arabella (sieht ihn starr an). Könnten Sie Ihre Frau auf den Brettern seh'n?!

Baron. Wir werden solchen Vortheil doch nicht aus den Händen geben?!

Arabella. Ihr alter Name sollte auf der Affiche prangen?

Baron (halb beleidigt). Mein Name — niemals!

Arabella (aufspringend). Und ich — ich sollte Ihren Namen nicht führen?

Baron (ebenfalls aufspringend). Als Künstlerin — nein!

Arabella (mit mühsam unterdrückter Erregung). Das ist zu viel! — Ihr Name ist also zu gut, wofür meine Person schlecht genug wäre?! — und ich glaubte, Sie liebten mich!

Baron. Aber welche Laune faßt Sie an? sind wir denn jugendliche Phantasten, die illusorischen Seifenblasen nachjagen? Das Leben, und vollends die Ehe muß auf reellem Boden steh'n; ich werde Ihnen den Weg äußerlich ebenen, Ihr künftiger Weg soll ein Triumphzug durch Europa sein und Ihre Gastspiele werden uns zu Millionären machen!

Arabella (bitter, halb für sich). Welche Täuschung? ich glaubte auf Ihren Gütern Herrin zu sein?

Baron. Warum jetzt zurückhalten, da wir uns für das Leben verbunden haben? mein kleines väterliches Gut ist über und über verschuldet. —

Arabella. Also besitzen Sie — Nichts?

Baron (sehr stolz und hart). Erlauben Sie, Madame — meinen Namen!

Arabella. Den ich nicht führen soll?! — Lassen Sie mir nur einen Augenblick Zeit, um mich in meiner neuen Lage zurecht zu finden!

Baron. Ich hätte Sie für praktischer gehalten — nach Ihren bisherigen Erfolgen zu urtheilen; ich werde Viel an Ihnen zu erziehen haben! —

Zwanzigste Scene.

Die Vorigen. Trude (von links).

Trude (in durchweg gemüthlich herzlichstem Tone, in der Tracht der pommerschen Bauernfrauen, ein dickes Tuch kreuzweis um die Taille hinten zugeknüpft, unter einem Arm einen großen rothen Regenschirm, zurücksprechend, knirend). Bemüh' bei sich nich; so'n golbiger Lakei is ville tau fürnehm vor so 'ne olle Buersfrau wie ick, min Döchting find' i schonst selber!

Arabella (aufhorchend). Diese Stimme? — ha, ich täusche mich nicht; Mutter, meine liebe Mutter! (eilt auf die Bauersfrau zu, umarmt und küßt sie.)

Baron (setzt sein Lorgnon auf). Was? spielt man hier im Zimmer Komödie?

Trude. Na, det is sauber, dat i bi so gleich antreffen dhu, — na gieb mir noch einen Schmatz; so, nee Mäken, nu lot Di ankuken, wat warst vor'n lüttet Ding und jetzt bist de drall und fett wie die Frau Pastorn daheim!

Baron (entrüstet). Soll das mehr als Spaß sein?

Arabella (herzlich). Aber Herzensmutter, wo kommst Du so plötzlich her?

Trude. Wundert Di dat? — Du weest ja, dat ick nie herkummen wollt, weil ich vor die glubbrige Eesenbahn zu hullische Manschetten hatte; aber da Du mi hast schreeven dhun, dat Du Di gar ehrsam versprochen hättst, wullt i Di minen Segen bringen und minen leeven Eidam doch gleich von Angesicht zu Angesicht kennen lernen!

Baron. Ich falle aus den Wolken!

Arabella (bitter). Da bist Du gerade zu rechter Zeit gekommen! Dort steht mein Verlobter!

Trude (geht auf den Baron zu und schüttelt ihm derb die Hand, was er verlegen geschehen läßt) Nu seh'n Se mol an, wat Se vorn netter Kerl sein dhun — so hübsch und stämmig; sind gewiß mol mang die Suldaten gewesen?

Baron (zu Arabella). Das ist ja eine große Ueberraschung; mir sagten Sie: Sie seien eine Waise?

Trude. Wat?! —

Arabella (sehr verwirrt). Nun ja — die Verhältnisse; ich konnte nicht wissen —?

Baron. Und nun plötzlich eine solche Verwandtschaft — ich muß gesteh'n, daß Sie es sehr schlau angefangen haben, mich zu fangen!

Arabella (empört). Halten Sie ein — —

Trude. Ihr wollt Euch heirathen und guckt Euch schon jetzt so grimmig an?

Arabella. Liebe Mutter, Deine plötzliche Ankunft —

Trude (rührend, mit verhaltenen Thränen). Wat? bin ick ungelegen gekummen? und Du hast ihn vorgeflunkert, Du seist 'ne elternlose Waise —? Du schämst Dich wohl gar meiner noch? — Ach — und darum kumm ich

40 Meilen weit und riskir' uf die glubbrige Düvelsbahn meine gesunden Gliedmaaßen? hu! (fängt laut zu schluchzen an.)

Baron. Frau, schreien Sie doch nicht so — wenn Jemand von solcher Familienverbindung eine Ahnung hätte — wir wären Alle compromittirt; bringen Sie Ihre Mutter vor Allem bei Seite!

Trude (kopfschüttelnd, sehr traurig). Bei Seite mi! — ick, die ick meinen Platz in der Kirche in der ersten Reihe habe grade unter de Kanzel? mich bei Seite!

Baron (zu Arabella). Diese Frau darf nicht hier gefunden werden, eben so wenig darf Jemand ihre Abkunft wissen, ich eile, in einem Gasthofe ein Zimmer für Ihre Mutter zu bestellen, und führe Dieselbe dann selbst hin! verbergen Sie sie so lange! es gilt unsere Zukunft! (schnell ab nach links.)

Einundzwanzigste Scene.

Trude. Arabella.

Trude (setzt sich kraftlos auf einen Stuhl, sich die Thränen trocknend). Min Döchting, hätt' ick weeten können, dat Ihr mi ni gern hevt, wär' ick an min Spinrokken to Hus seeten blieven!

Arabella (kniet zu ihren Füßen und legt den Kopf in ihren Schooß). O Mutter, Mutter! ich bin elend, mehr als ich es sagen kann! (legt ihren Kopf wieder an die Mutter.)

Trude. Aber Mäken, wenn Du jetzt als Braut schon so handthierst — wat willste denn dhun, wenn Ihr silberne Hochtit feiert?!

Zweiundzwanzigste Scene.

Die Vorigen. Martha (von rechts).

Martha (hat den Bauernrock, der im Anfang der Abtheilung genäht wurde, über ihr Kleid gezogen, ihre Taille ist dieselbe geblieben, sie geht, indem sie über ihre Schulter gebeugt zurück auf den Rock sieht, ganz langsam vor). Da uf die Seite zippelt er noch een Bisk'n; ick wollte man blos fragen, ob ick dat mit 'n Pjar Stichen ändern soll?

Arabella (aufstehend). Frauchen — ich habe jetzt an andre Dinge zu denken — meine Mutter hier ist so eben angekommen!

Martha. Ach nee! — is dat 'ne Freude! — welch' liebet altet Gesicht! — (geht auf Trude zu, schüttelt ihr die Hand). Grüß Gott, Mutterken! (zu Arabella). Wie gut, daß Sie mich noch hier behalten haben, da kann ich wohl gleich ein Zimmer für die alte Frau einrichten, und ein Bett besorgen?!

Trude (aufstehend). Nee, nee, ich darf ja nich hier bleewen!

Martha (zu Arabella). Nich?

Arabella. Was thun? — was thun?

Trude. Min taukünftiger Dochtermann hält mi nit vornehm nauch!

Martha (ganz verblüfft). J nee!

Trude. Jo, jo, — ic will mi in'n Krug inlogiren!

Martha. Fräulein — und das leiden Sie? — Das können Sie zugeben?

Arabella. Wüßten Sie, welchen Kampf es mich kostet, ihm nach=
zugeben, wie unglücklich ich bin!

Martha. Mir steht der Verstand still! —

Arabella. Schmachvolle Enttäuschung; er bot mir nur seine Hand,
um aus meinem Talent und meiner Gesangkunst Vortheil zu ziehen!

Martha (immer ärgerlicher). Also uf Deutsch sich von Ihnen durch=
füttern zu lassen? — na, da werden Sie doch nicht anbeißen? i, da sind
ja schon Andre druf ringefallen! —

Arabella. Er war schlau genug, mich fest zu binden!

Martha. Wat Sie den Abend zusammenspielen, dat spielt er bald
wieder — (mit Handbewegung rechts und links) in alle vier Winde! meine
Tante! — Deine Tante! —

Arabella (mit steigendem Affect, auf= und abgehend). Alles wäre
mir vielleicht genehm gewesen, in Alles hätte ich mich gefügt, um den trü=
gerischen Traum meiner eitlen Phantasie — Baronin zu heißen — verwirk=
licht zu seh'n, wenn er sich nicht schließlich auch gegen meine Mutter gewandt
hätte! (reicht Truden beide Hände). Das ging mir an's Herz! Kindesliebe
geht über Eitelkeit!

Martha (umherlaufend). So 'ne Schändlichkeit! Männer! Männer!
ich ärgere mir hier doot!

Arabella. Doch bin ich entschlossen, das größte Opfer zu bringen,
ich zahle ihm die 20,000 Thaler Reugeld und bin wieder frei, ich bin dann
eine Bettlerin, die Summe übersteigt meine Ersparnisse, aber durch den
Verkauf meiner Juwelen werde ich sie hoffentlich voll machen können!

Martha (die in Gedanken stand, fährt auf). Das sollen Sie nicht!
ich werde Sie retten!

Arabella und Trude (zugleich überrascht). Sie?!

Martha (ihren Rock hochhebend). Er muß zurücktreten. — Dieser
Rock heißt Otto Bellmann! (zu Trude). Mutterken, schnell Ihr Tuch! —
(sie knüpft sehr rasch Truden das große buntgeblümte Tuch ab und bindet
sich es kreuzweis um, indem sie den Rock durch die Zipfel des Tuches hoch=
zieht).

Trude. Was machen Sie?

Martha. St! (Truden unter'n Arm fassend, und wichtig und behäbig
neben ihr stehend, indem sie die Backen aufbläst). Ich bin jetzt Ihre zweite
Dochter, — Ricke!
(bindet ihr Taschentuch um den Kopf.)

Dreiundzwanzigste Scene.

Die Vorigen. Baron (von links).

Baron. Ich hoffe, daß Sie mit meinen Arrangements zufrieden sein
werden! (Arabella setzt sich ruhig und würdevoll auf das Sopha und sieht

ihn kalt an) ich habe ein hübsches Zimmer im Hotel für Ihre Mutter gefunden, werde sie hinführen, und wollen wir dann das Weitere besprechen! (Er wendet sich zu Trude, die zu Boden sieht. Martha macht einen tiefen Knix und lacht ihm mit weit offenem Munde entgegen. — Baron prallt zurück, setzt das Lorgnon auf und sieht starr auf Martha.)

Martha. Gut'n Dag!

Baron (stotternd). Wer — wer ist denn das?

Martha (immer sehr phlegmatisch). Schwester Nicke! hä, hä, hä! — (auf ihn losgehend, er retirirt) und he is woll der neue vornehmliche Schwoger? nee dat uns're Familie noch so hauche Verwandtschaft kriegen hätt' — Dat is mich doch sehr genirlich.

Baron. Arabella, wie konnten Sie mir das verschweigen? ich beschwöre Sie, helfen Sie mir, Ihre Familie so schnell wie möglich fortführen!

Martha. Nee, nee, Schwogerken, et gefällt uns hier — wir bleewe hier, und nu können wir zusammen Hochtit machen — Ihr Beede, und ick mit meenen Kilian!

Baron. Wer, wer ist Kilian?

Martha. Na meener, er dient jetzt seine drei Jahre ab bei de Fisilier, während mi Moderken her ging, wor ick in die Kaserne, er exerzirte noch, kummt aber bald nach!

Baron (entsetzt). Hierher?

Martha. Ja, mit de Mine und Hanne, mit de Lise und Dörthe, meene kleenen Schwestern! die lütten Dinger kieken da noch tau!

Baron (sich den Angstschweiß trocknend). Ich kann nicht weiter! (zu Arabella, mit vollster weltmännischer Tournüre). Meine Gnädigste, war es nicht vielleicht ein Irrthum, daß wir vereint das Glück zu finden hofften? — Ihre achtbare Familie scheint mir so zahlreich, daß ich nicht nach allen Seiten verwandtschaftliche Rücksicht genug nehmen könnte, — mir scheint: Sie sind in so festen Banden, daß Sie nicht neue knüpfen brauchen.

Arabella (kalt, aber sehr artig). Herr Baron, ich widerspreche nicht!

Baron. Und — wäre es Ihnen genehm, heben wir unsere projektirte Verbindung mit allen Klauseln auf?! ich würde Ihnen Ihr Wort zurückgeben.

Arabella (aufstehend). Ich danke Ihnen!
(Der Baron verneigt sich tief, Arabella erwidert dies sehr fein und liebenswürdig;
Baron ab nach links.)

Martha (geht ihm nach, knixt). Nehmen Sie's Geleit mit!

Vierundzwanzigste Scene.

Arabella. Martha. Trude.
(Arabella setzt sich wieder und verbirgt das Gesicht in den Händen.)

Trude (langsam an sie herantretend). Min Kind, ick weet nich, soll ick weenen oder lachen über Alles, wat ick hier erfahr' und sehe?

Arabella (sich aufrichtend). Lachen und Dich freuen, gute Mutter! — daß Dein einziges Kind noch zur rechten Zeit gerettet wurde!

Martha. Schön, daß dat mein Alter nich hört, nu bin ich schon zum zweiten Male aufgeschrieben!

Arabella. Laß mir nur Zeit, Mutter, mich von den Aufregungen des heutigen Tages zu sammeln, wenn ich auch noch nicht weiß, woran ich mich wieder aufrichten soll?!

Fünfundzwanzigste Scene.

Die Vorigen. Lips (mit der Parthie des Fidelio, von links).

Lips. Ach Gott, schöne Signora, die Schneider ist auf der Probe durchgefallen; ich komme noch ein Mal, ob Sie uns nicht retten wollen?

Arabella (mit einem Schrei der Freude aufspringend). Ha, das zeigt mir den Weg! Die Kunst entschädigt mich für Alles!

Lips (freudig). Sie wollen?

Arabella (entreißt ihm die Partitur des „Fidelio" und hält sie frohlockend hoch, indem sie genial erregt bis an die Lampen tritt). Ich will!

(Lips reibt sich triumphirend die Hände.)

Quodlibet.

(Stellung der Personen: Lips hat die äußerste linke Seite, ihm zunächst steht Arabella, neben dieser Trude, und den Platz an der äußersten rechten Seite nimmt Martha ein.)

Arabella.
Wohlan, ich will begeist'rungsvoll
Heut Abend wieder singen,
Es soll mich der Fidelio
Der Kunst zurück nun bringen!
Ich schwöre alles And're ab,
Hochmuth in Nichts zerstiebe,
Es sei fortan das Publikum
Nur meine einz'ge Liebe!

Lips (zu Arabella).
Heisa, heisa, wenn Sie singen,
Sind auch uns're Sorgen aus,
Wenn Sie auf dem Zettel stehen
Na, denn sind wir scheene raus!

Martha.
Den Ruhm kann mir nun Niemand schmälen,
Daß ich allein die Ursach' bin,
Wenn Sie heut Abend applaudiren
Der hochgeprief'nen Sängerin!
(sehr schnell:)
Wüßten nur die Leute
Wie es oftmals geht
Und auf wessen Rücken
Die Entwicklung steht;
Hätt' ich nicht so tapfer
Den Baron verjagt

Und 'ne lust'ge Rolle
Selbst dabei gewagt,
Träte die Signora
Nie vielleicht mehr auf —
So an seid'nen Fädchen
Hängt der Dinge Lauf.
Wüßten nur die Leute
Alles dies genau,
Wird wohl mitgefeiert
(mit tiefem Knix) Auch die Schusterfrau!
    Arabella.
Ja, Freunde, laßt die Hand Euch drücken
Und theilet mit mir mein Entzücken,
Daß sich mein Schicksal so gewandt!
Um Leidenschaften darzustellen,
Schöpf' ich nun aus des Lebens Wellen,
Ich hab' die Lehre wohl erkannt!
Ja — ja — (Koloraturlauf.)
Arabella (repitirt das Entrée des Quodlibet).
So will ich denn begeist'rungsvoll
Heut Abend wieder singen,
Es soll mich der Fidelio
Der Kunst zurück nun bringen!

zugleich. {
Ich schwöre alles Andere ab,
Hochmuth in Nichts zerstiebe,
Es sei fortan das Publikum
Nur meine einz'ge Liebe!
   Die andern Drei.
So fall' denn alles And're ab,
Wenn sie nur uns stets bliebe,
Denn wahrlich, solche Sängerin
Ist werth wohl uns'rer Liebe!
}

(Der Vorhang fällt.)

———

Dritte Abtheilung.
Die Schuhe der Tanzwirthin.

Personen:

Landrath v. Klöben....................................	Herr Richter.
Eulalia, dessen Gemahlin	Frl. Hüvart.
Peter Kühne, mit dem Beinamen der Nachtschmetterling, ein reicher Hagestolz............................	Herr Neumann.
Goldlottchen...	Frl. Renom.
Frau Mewes, Eigenthümerin eines Tanz-Salons, Firma: „Odeum"...	Frau Lesczinsky.
Fritz \ Kellner................................ Paul /	} Herr Wallroth. } Herr Leczinsky.
Greif \ Polizisten.......................... Packer /	} Herr Selle. } Herr Winckler.
Lorenz Flink, der Schuster...........................	Herr M. Schulz.
Martha, seine Frau.....................................	Frl. A. Schramm.
Herren und Damen, Masken.	

(Die Bühne stellt das Innere eines mit dem ganzen Raffinement großstädtischen Luxuses eingerichteten Tanzetablissements dar. Die vordere größere Hälfte der Bühne ist eine Gallerieloge mit sehr brillantem Mobiliar. In der Mitte läuft quer über die Bühne die Logenbrüstung, getheilt durch hochgehende Pfeiler, die mit zurückgeschlagenen Portièren dekorirt sind. An dieser Brüstung stehen Sessel, von welchen man in den großen Tanzsaal hinabblicken kann. Die letzte Hinterdekoration hängt möglichst tief, daß sie perspectivisch den Tanzsaal versinnbildlicht, ebenso sieht man in der Ferne mehrere brennende Kronleuchter niedrig hängen, wodurch angedeutet wird, daß die vordere Loge hoch liegt. Rechts und links Seitenthüren. Ganz im Vordergrunde rechts eine Tapetenthür. — Links im Vordergrunde ein großer Spiegel. Ueberall brennende Ampeln.)

Erste Scene.
Fritz. Paul.

(Fritz deckt einen rechts stehenden Tisch zum Souper. Paul stäubt den Spiegel links ab und ordnet Möbel, Teppiche u. s. w. An den Pfeilern im Hintergrunde heften Zettel mit der großen Inschrift:

> **Odeum.**
>
> Donnerstag, den 18. d. M.,
>
> Abends 8 Uhr,
>
> **Bal masqué et paré.**
>
> Alles Uebrige bekannt.

Fritz. Das Geschäft blüht! Die Einnahmen sind kolossal! ich wundere mich doch über solchen Erfolg!

Paul. Ich mich gar nicht; Speculation auf Laster und Vergnügen der Menschen ist immer richtig; hier vergißt man die Mühen des Tages, scherzt, tanzt, lacht, spielt, ißt und trinkt auf die brillanteste Art, da drängt sich Alt und Jung herein, und macht selbst Schulden d'rauf, um das Entrée und die Etcaetera's zu bezahlen!

Fritz. Ja, lustig geht's hier zu, blos für uns nicht, wir müssen uns Tag und Nacht, im vollsten Sinne des Wortes quälen. — — So, gedeckt wäre!

Paul. Und abgestaubt auch Alles! nun kann's hier wieder d'runter und d'rüber geh'n!

Fritz. Es sieht recht behaglich und verlockend aus.

Paul. Aber wie wird's morgen früh aussehn, wenn die wilde Jagd hier, wie allnächtlich, ihr Wesen getrieben hat? — Na, zerbrochne Gläser und invalide Stuhlbeine werden billig sein!

Fritz (horchend). Aber, da summt's ja schon im Saale unten, es ist doch noch nicht so spät!

Paul (geht an die Logenbrüstung und sieht in den Tanzsaal hinab). Der Ball geht erst um 8 Uhr an; aber die Lokalitäten werden schon um 7 Uhr geöffnet; wird wieder voll! es drängt sich schon Alles hinein.

Fritz (sich nach rechts wendend). St — st!

Paul (zurückkommend), Was ist?

Fritz. Da raschelt's hinter der geheimen Thür auf der kleinen Wendeltreppe, die zur Privatwohnung des Herrn führt! —

Paul (ebenfalls horchend). Richtig — eben wird der Schlüssel umgedreht.

Zweite Scene.

Die Vorigen. Frau Mewes. Lorenz. Martha (durch die Tapetenthür rechts im Vordergrunde).

Frau Mewes (einfach gekleidet, zuerst eintretend). Nehmen Sie sich in Acht, da kommen noch zwei Stufen!

Lorenz (sich die Augen zuhaltend). Ei, hier wird man ja ordentlich geblendet!

Martha (mit einem Schrei des Entzückens). Ha! das is ja hier das reene Paradies! (eilt in den Hintergrund, sieht hinab und schreit wieder auf) Daß Dich das Mäuslein beißt! welche Pracht! hm, da unten das sind wohl lauter Fürsten und Prinzessinnen! (wieder zurückkommend) Is ja hier, als ob man zum König kommt! (zu den beiden Kellnern) Dienerchen, Dienerchen, meine Herren!

Frau Mewes. Trotz meiner Traurigkeit muß ich über den Eindruck lächeln, den dies Local auf Sie macht!

Martha. Nee, so wat Schönes habe ich noch nie geseh'n! —

Lorenz. Ja, da muß ich meiner Frau Recht geben, ich auch noch nicht!

Frau Mewes. Nun seh'n Sie sich Alles nur recht genau an; (zu den Kellnern) lassen Sie die Leute nachher durch den Haupteingang wieder hinaus, und geben Sie ihnen jeden gewünschten Bescheid!

Paul. Schön, Madame!

Frau Mewes (knirend). So leben Sie wohl — ich muß zurück!

Martha. Wollen Sie denn nicht einmal in den schönen Saal hinabsehen? is 'n zu prächtiger Anblick!

Frau Mewes. Ich bin daran so gewöhnt, daß ich gar nichts Prächtiges entdecke; im Gegentheil, es macht mich nur traurig, weil ich dadurch erinnert werde — wie schwer ich es habe; ich hätte mir auch lieber ein anderes Schicksal gewünscht!

Martha. Was? — in Ihren glänzenden Räumen fühlen Sie sich nicht glücklich?

Frau Mewes. O, es ist ein schreckliches Geschäft. Sie haben ja eben meinen armen Mann geseh'n, wie leidend und hinfällig er ist, er konnte nicht einmal die Schuhe anprobiren, er ist von der Anstrengung des Geschäfts, den Nachtwachen und dem vielen Aerger mit den Leuten zu elend geworden, was hilft uns aller Verdienst, wenn die Gesundheit hin ist; noch einmal Adieu! ich muß schnell zu meinem armen Mann! (Wendet sich nach rechts.)

Martha (sie begleitend). So nehmen Sie noch unseren Dank für gütige Bezahlung der Schuhe und auch dafür, daß Sie uns diese Säle noch gezeigt haben! (knirend.)

Frau Mewes. Adieu, Frauchen!

Lorenz. Gute Besserung!

Frau Mewes. Danke! (Ab nach rechts in die Tapetenthür.)

Dritte Scene.

Fritz. Paul. Martha. Lorenz.

(Die beiden Kellner machen sich fortwährend hinter dem Rücken über Martha und Lorenz lustig, nehmen aber, sowie sich jene umblicken, stets eine devote Stellung an.)

Lorenz (spottend, indem er mit dem Zeigefinger ihr auf die Nase tippt). Na, was sagste nun?

Martha (übellaunig). Was soll ich sagen?

Lorenz (lachend). Jetzt bist Du schön aufgeschrieben!

Martha. Wieso?

Lorenz. Bei den beiden Paar ersten Schuhen hast Du üble Erfahrungen genug gemacht, wenn Du auch nicht recht mit der Sprache 'raus wolltest; hier beim dritten Paar habe ich nun selbst mit erfahren, wie traurig es der armen Frau um's Herz ist, trotz alles Glanzes und Jubels in ihrem Hause!

Martha. Ja, ja! aber es ist gar nicht schön, daß Du Dich über meine Niederlage freust!

Lorenz. Aber nachgeben mußt Du jetzt doch!

Martha. In diesen Fällen ja; ich hab's eben schlecht getroffen; aber (nach dem Ballsaal zeigend) da unten — dort herrscht Freude und Glück!

Lorenz. Wer weiß, wie denen trotz Tanz und allem Herumspringen zu Muthe ist!

Martha. Du bist ein wahrer Griesgram; statt mir zu danken, daß ich Dich hierher geführt habe, widersprichst Du mir immerzu!

Lorenz. Na, ich finde es hier ja auch für den ersten Augenblick ganz nett, aber besonders anziehen thut mich diese Pracht nicht! nu komm, wir wollen noch mal in den Saal hineinblicken und dann nach Hause gehn!

Martha. Nach Hause jetzt schon? nicht um eine Million!

Lorenz. Was willst Du denn hier?

Martha. Dem Tanz zuseh'n!

Lorenz. Ach, das ist ja langweilig, ich säße viel lieber beim gemüthlichen Glase Bier!

Martha. Na, denn geh' doch! (im Saal beginnt Tanzmusik) Ha! da beginnt die Musik! (fängt an zu tänzeln) nee, das muß ich noch een Bisken genießen!

Lorenz. Frau, sei verständig; wer weiß, wer hier Alles herkommt!

Martha. Na, mir wird nichts passiren, Du weißt wohl, ich bin resolut und habe den Mund auf dem rechten Fleck!

Lorenz. Du kannst aber doch mal an den Unrechten kommen und Deinen Herrn und Meister finden!

Martha. Papperlapap! — geh', geh' und sei Punkt $^1/_2$10 Uhr zu Hause!

Lorenz. Sei Du nur zur rechten Zeit da!

Martha. Na nu? ich werde doch nicht über die Bürgerstunde hinaus bleiben? — Spaß! — sitze Du man nicht beim Biere fest.

Lorenz. Um mich sei nicht bange! (zu den Kellnern) Wo geht's hinaus?

Paul (nach links zeigend). Nach der Seite kommen Sie zunächst hinaus, das ist der Seperateingang für die Logen!

Lorenz. Hm, hm! werde mich schon zurecht finden. (Ab nach links in die Seitenthür.)

Fritz (zu Paul). Ich werd' mich zur Garderobe begeben, vielleicht giebt's da heute einen kleinen Extraverdienst! (Ab nach rechts.)

Vierte Scene.

(Die Musik im Tanzsaal hört auf.)

Paul. Martha.

Martha (vorkommend, für sich). Recht hat mein Alter, aber eingestehen werd' ich's doch nicht! ich wär' ja für ewig seiner Herrschaft verfallen, und 'n schlecht Regiment, wo nicht die Frauen befehlen! nun will ich hier mir die Geschichte anseh'n! bei's bloße Anseh'n kann ich doch nischt riskiren?! Spaß! (wendet sich dem Hintergrunde zu).

Paul (den Sessel an der Logenbrüstung ihr zurückrückend). Wollen Madame hier Platz nehmen?

Martha. Ach bitte, bitte, incommodiren Sie sich doch wegen mir nicht!

Paul. Es ist meine Pflicht, für Jeden zu sorgen; Sie sind mir ja noch besonders anempfohlen. —

Martba (bei Seite). Jott, wie noble des Einem hier Alles gemacht wird! — (hinabsehend.) Man kann sich jar nicht satt sehen! — (nach links zeigend.) Also da geht es auch hinaus?

Paul. Das ist der kleine Eingang hier zu den Logen gegen doppeltes Entree.

Martha. Hm, hm, also wohl vor die ganze Vornehmen?

Paul. Für Die, die gern den Schein wahren wollen und doch gern so — (die fünf ausgespreizten Finger auf's Gesicht legend) durch die Finger seh'n!

Martha (ihn dumm ansehend). Haha! (bei Seite) Wat der Mensch gelehrt spricht! ick habe keen Wort verstanden! (hinunterblickend) Ach, seh'n Sie die mit das prachtvolle rothe Kleid — hm, und die mit das blaue Atlaskleid — die is noch schöner! und die gelbe — und das ganze Rudel lauter Weiße! man wünschte sich hier hundert Augen in'n Kopf! — nee, was müssen die Menschen reich sind, ich sage!

Paul (vorgehend). Wie Sie sich täuschen! Mancher da unten hat nicht einen Groschen in der Tasche!

Martha (vorkommend). Was Sie sagen!

Paul. Und nah' bei beseh'n, ohne Chignon und ohne Schminke, bleibt auch nicht Viel!

Martha. Sie meinen also, daß die da unten noch uf ihre Kleider schuldig sind?

Paul. Was schuldig? — Den Meisten gehört der Plunder gar nicht, gemiethet haben sie sich all' die seidene Herrlichkeit nur für die eine Nacht!

Martha (aufmerksam werdend). Gemiethet?!

Paul. Gewiß; hier im Leben der Nacht passirt Manches, was sich so 'ne ehrliche Haut, wie Sie zu sein scheinen, nicht träumen läßt!

Martha (ganz verwundert ihn anstierend). Is nich möglich?!

Paul. Wir haben ja hier im Hause die Garderobenverleiher, wo Sie die schönsten Masken und Ballkleider geliehen bekommen!

Martha (zusammenfahrend, ihn rasch anfassend). Hier im Hause — geliehen — Ballkleider?!

Paul. Ja wohl; für wenige Thaler!

Martha (vorkommend, schnell für sich). Das muß ich probiren! ich habe ja Geld. (Rasch aus der Tasche Geld ziehend und es zählend.) Ueber 6 Thaler, der Erlös für 2 Paar Schuhe! — aber das reicht wohl schon hin! (zu Paul) Und wo, wo ist die Maskengarderobe?

Paul (nach rechts zeigend). Dort am Ende der Gallerie führt die Treppe gerade dazu hinab!

Martha (etwas verlegen). Sie — könnten mich vielleicht hinbringen?

Paul (blinzelnd). Gern; Sie wollen auch wohl mal Strohwittwe spielen —?

Martha. Was spielen?

Paul. Sich mal ein Wenig herausputzen, und den Tanz dann in der Nähe anseh'n!

Martha (verlegen). Nee, nee, blos die Kleider mal betrachten.

Paul. J, Sie könnten's immer wagen, denn Sie würden sich hübscher machen, wie manche And're (galant) können's mir glauben!

Martha (mit komischer Würde). Machen Sie mir man keene Flabusen! so was is nich! (Schnell ab nach rechts; Paul folgt ihr.)

Siebente Scene.

Peter Kühne (von links).

(Kühne ist ein älterer Mann von elegantester Tornüre; er hat einen fast kahlen Kopf, aber sehr schönen modernen Backen- und Schnurbart, seine Kleidung ist von tabelloser Eleganz; seine Gesichtsfarbe ist blaß, seine Bewegungen lebhaft, und bemüht er sich in Allem den Jugendlichen zu spielen, er ist der vollständige Roué; liebenswürdig, blasirt, frech, aber immer etwas geziert nobel; in der Hand trägt er einen Chapeau-claque, den er als Fächer gebraucht.)

Couplet.

Kühne.

Wenn ich mich nur wo blicken laß',
So werd' ich gleich begrüßt!
'S giebt keinen Ort, wo in Bezug
Auf mich es anders ist!
Fahr' ich hier vor, so fliegen gleich
Mir alle Thüren auf,
Kein Hinderniß, kein Billeteur
Hemmt meinen Siegeslauf!
Es lächeln mir von rechts und links
Gleich alle Blicke zu,
Das macht: ich habe überall
Ein richt'ges Passe partout!
Ein richt'ges Passe-partout!

So war es schon an meiner Wieg',
Als ich geboren ward,

Ich bin nun einmal — wie man's nennt —
So von der richt'gen Art!
Papa besaß ein schönes Geld,
Ich blieb sein einz'ger Sohn!
Daß ich mal viel gebrauchen würd',
Wußt er längst vorher schon;
Geebnet war so Alles mir,
Und ich war da im Nu.
So trat ich lustig in die Welt
Mit richt'gem Passe=partout!
Mit richt'gem Passe=partout!

So blieb's bis auf den heut'gen Tag. —
Sitz' ich beim Fläschchen Wein,
Springt ganz von selber auf der Kork,
Und ich — ich schenk' blos ein!
Tret' ich mal an den Tisch zum Jeu,
Wo Kart' und Würfel rollt,
Hängt, — streck' ich nur die Hand mal aus, —
An jedem Finger Gold!
Vor Allem läßt mich keine Frau,
Kein Mädchen je in Ruh',
Das macht natürlich wiederum
Mein richt'ges Passe=partout!
Mein richt'ges Passe partout!

(tief aufathmend)

Hier ist doch wenigstens frische Luft, man athmet ordentlich auf; schon daß es Nacht ist, läßt mich wieder wohl fühlen; so lange die Sonne scheint, hab' ich ewig Kopfschmerzen, Migräne, Langeweile; — aber wenn's dunkel wird, — ja! (mit der Zunge schnalzend) im Dunkeln ist gut munkeln! — darum schlafe ich bei Tage immer wie ein Hamster; aber Nachts, da mache ich meine Visiten und empfange bei mir Freunde und (schluckend) gute Bekannte! — Huch! (wirft ein Bein hoch) Sie nennen mich deshalb den Nachtschmetterling; — hm, sie haben Recht, ich bin die reine Nachtviole — duftend, berauschend, feuchtschmachtend; (seufzend) ach, wenn es keine Nacht gäbe — wo sollte man promeniren, discutiren, intriguiren, (immer schwärmerischer) harmoniren und sich ungenirt amüsiren? (setzt sich das Lorgnon auf, mit plötzlich ganz gewechseltem Tone) na, nun wollen wir mal sehen, was heute los ist! — (geht an die Logenbrüstung, wirft sich auf einen der dort stehenden Sessel, legt die Beine auf einen anderen und blickt hinab in den Tanzsaal, indem er vor sich her eine Tanz=Melodie pfeift, sich zurücklehnend). Ach, immer die alte Geschichte, die bekannten Gestalten, nichts Neues, nichts Pikantes! — (wieder aufstehend, vorkommend, dabei sehr ungenirt gähnend). Tanzen und immer tanzen! nein, ich mache höhere Ansprüche, für mich müßte schon! (wildes Halloh und Hurrahrufen hinter der Scene rechts, horchend und schmunzelnd) Haha! nun wird's nett! das ist was für mich! (nimmt das Lorgnon ab, wischt es mit dem Tuche ab, setzt es wieder auf und stellt sich mit gespreizten Beinen erwartungsvoll hin.)

Sechste Scene.
Kühne. Goldlottchen. Herren und Damen.
(Kommen in wildem Durcheinander von rechts, im Hintergrunde der Logenbrüstung heraus. Die Herren sind in Balltoilette, auf den Köpfen Hüte, Domino's um, aber ohne Masken; sämmtliche Damen sind maskirt, theilweise in phantastischen Masken-anzügen. Goldlottchen ist in besonders eleganter, etwas auffallender Toilette. Gold-lottchen führt den ganzen Zug an, sie tritt zuerst auf, winkt mit dem Fächer zu-rück, worauf denn Alle in buntem Durcheinander vorkommen.)

Chor (kurz und schnell).
Laßt uns durchstreifen das Revier,
Ob hohes Wild wir jagen,
Es bleibt doch stets ein Hauptplaisir,
Das Aeußerste zu wagen;
Lenkt überall hin Euren Schritt,
Wen wir erreichen, der muß mit!
Hurrah!

Kühne (sehr wohlgefällig lächelnd). Nun ist man doch wenigstens in guter Gesellschaft!

Goldlottchen (auf Kühne zeigend). Nun, Herrschaften. war's nicht richtig von mir speculirt, Euch zu einem Rundgang durch alle Logen und Gallerien aufzufordern, da wir ein so edles, viel versprechendes Wild auf-spürten, — (Kühne auf den Arm mit dem Fächer schlagend) erhaben und stolz steht er da, wie der König des Waldes, der echte Sechszehnender!

Kühne (nickend). Menschenkenntniß!

Goldlottchen (ausgelassen). In allen Punkten!

Kühne (bei Seite). Scheint wirklich etwas Feines zu sein! Da muß ich mich in voller Glorie zeigen, um mein Renommée zu wahren! (geht auf Goldlottchen zu, bietet ihr den Arm) gefällig?

Goldlottchen (als ob sie nicht wüßte, welchen Arm sie ihm reichen sollte). Von welcher Seite?

Kühne (galant). Von allen Seiten! (für sich) reizend; pure haute volé! (zu Goldlottchen) Souper — oder erst Quadrille?

Goldlottchen. Nur Ihre Gesellschaft, alles Andre gleichgültig!

Kühne. Auch geistreich! Donnerwetter, heute Abend lacht mir ein guter Stern! aber warum verhüllt die Maske mir so neidisch die Mitter-nachtssonne, die mich feurigen Kometen (macht hinter sich die Bezeichnung des langen Kometenschweifes) in ihr System gezogen hat?

Goldlottchen (sich demaskirend). Die Wolke fällt, voilà tout!

Kühne (enttäuscht zurückfahrend). Goldlottchen! alte Bekanntschaft! ach, Herr Je!

Goldlottchen. Ich heiße jetzt Madame la Marquise!

Chor. Hoch, die Marquise, hoch!

Kühne (ihr in die Backen kneifend). Aber was hast Du Dich — haben Sie sich verändert seit vorigem Winter?

Goldlottchen. Ja, schöner Schmetterling, man schreitet fort, meine Gesundheit erforderte einen längeren Aufenthalt in Paris; da habe ich mich recht erholt und bin gestärkt zurückgekommen!

Kühne. Daher also die Metamorphose, daß ich Mademoiselle aus dem Putzladen nicht wieder kannte — tempi passati!

Goldlottchen. Ja, das ist so zugegangen!

Couplet mit Chor.

Goldlottchen.

Die Stadt der Städte ist Paris,
Dort lernt man erst recht leben,
Man fühlt sich dort verlockend süß
Von Freuden rings umgeben;
Flanirt man auf dem Boulevard
So recht in Volkes Mitte,
Bekommt man ein famoses Bild
Von leicht französ'scher Sitte.

(zimperlich mit niedergeschlagenen Augen auf- und abgehend.)

Bei uns spaziert man so —
Grüßt sittsam hier und da, —
Doch nach französ'schem comme il faut
Makt man toujours comme ça!

(sie hebt graziös die Röcke auf, geht lebhaft auf und ab, lächelt und wirft Kußfinger.)

La, la, la, la, la!

Chor.

Doch nach französ'schem comme il faut
Makt man toujours comme ça!
La, la, la, la, la!

Goldlottchen.

Wird man in Deutschland invitirt
Zu irgend einem Feste,
So sitzt man furchtbar eingeschnürt
Mit gravität'scher Geste!
Doch Frankreichs lust'ge Kaiserstadt —
Hat andere Manieren,
Wie wird wohl Deutschlands sprödes Kind
Beleidigt gleich parliren!

(parodirend.)

Komm mir Monsieur nicht so —
Sonst sag' ich's gleich Mama.
Doch nach französ'schem comme il faut
Makt man toujours comme ça!

(berührt nach dem Takt mit der Spitze ihres Fußes den Fuß von Kühne, der ihr
lächelnd droht.)

La, la, la, la, la!

Chor.

Doch nach französ'schem u. s. w.

Goldlottchen.

Wie aber würden deutsche Frau'n
Vor Allem schreien Zeter,
Wär'n sie gezwungen, anzuschau'n
In Frankreich, bal champêtre;
Ich bitte, lieben Freunde, Euch,
Schließt Eure Augen feste,

Damit Ihr Nichts vom Tanz erschaut,
Blindheit wär' hier das Beste!
(graziös und langsam einige Tanzschritte machend.)
Bei uns da tanzt man so, —
Das Füßchen kaum man sah,
(sehr lebhaft Cancan imitirend.)
Doch nach französ'schem comme il faut
Makt man toujours comme ça!
(mit den Füßen cancanirend.)
La, la, la, la, la!
Chor (ebenso).
Doch nach französ'schem u. s. w.

Siebente Scene.

Die Vorigen. Lorenz (aus der Seitenthür links).

Lorenz (sehr ängstlich und verlegen). Ich kann nicht 'rausfinden; das ist ja ein verdammtes Labyrinth von Treppen und Gängen, nun bin ich wieder auf dem alten Fleck.

Kühne (ihn lorgnettirend). Was ist denn das für ein Gast? wunderliches Costüm!

Goldlottchen (spottend). Scheint die Maske irgend einer frommen Brüderschaft gewählt zu haben.

Kühne. Am Ende einer aus Moabit im Sonntagsstaat! Unmöglich wär's nicht!

Lorenz (sehr devot). Könnten mir die Herrschaften nicht sagen, wie ich hier glücklich wieder 'raus komme?

Kühne. Warum sind Sie 'reingekommen, Sie frommer Mann, wenn Sie gleich wieder 'raus wollen?

Lorenz. Meine Frau hatte mich nur hergeführt.

Chor. Seine Frau, hahaha!

Kühne (listig drohend). Sie Vocativus!

Lorenz (treuherzig). Nein, gewiß!

Kühne. Diese ehrliche Miene! kann sich Der verstellen, ein geborener Komiker! geniren Sie sich doch nicht, wir sind ja unter uns!

Lorenz. Eigentlich will ich hier meine Frau suchen.

Kühne (ausgelassen). Kinder, er sucht sich eine Frau! ist daran hier Mangel? wie naiv!

Chor. Er sucht 'ne Frau, 'ne Frau!

Kühne (zu den Damen). Allons, Mesdames! (zeigt auf Lorenz.)
(Goldlottchen und einige Damen umringen Lorenz schmeichelnd und kokettirend; er ist erst sehr bestürzt, dann lächelt er verschämt Goldlottchen zu, die ihn unter einen Arm, wie eine andere Dame ihn von der andern Seite nimmt; Lorenz wird etwas dreister und nickt unwillkürlich den Damen zu.)
(Während dieses Vorganges):
Chor (repitirt).
Laßt uns durchstreifen das Revier,
Ob hohes Wild wir jagen,

Es bleibt doch stets ein Hauptplaisir,
Das Aeußerste zu wagen;
Lenkt überall hin Euren Schritt,
Wen wir erreichen, der muß mit!
Hurrah!
(Alle lärmend ab nach dem Hintergrunde, dicht an der Logenbrüstung.)

Achte Scene.

Landrath. Eulalia (aus der Seitenthür links. Beide in eleganter Balltoilette, darüber Domino's, Landrath ohne, Eulalia mit Maske).

Eulalia (tritt zuerst ein und sieht sich mißtrauisch um). Doch durchgesetzt! — Dieses Abrathen verdoppelt mein Mißtrauen!

Landrath (verlegen, tupft mit dem Taschentuch auf seiner Stirn). Aber Eulalie, Gemahlin, Freundin, wie kannst Du nur auf solchen Voraussetzungen beharren.

Eulalia (geht prüfend umher, blickt in den Tanzsaal hinab, kommt wieder vor u. s. w.). Laß mich, laß mich! wenn Du Dich unschuldig fühlst, kannst Du mich ja ruhig meine Rekognitionen fortsetzen lassen!

Landrath. Du mußt doch eingestehen, daß es hier sehr nobel und prächtig eingerichtet ist; es ist ein Etablissement ersten Ranges!

Eulalia. Gewiß; lockend und reizend sieht es hier aus! —

Landrath. Nun also; — da Du Dich nun davon überzeugt hast, so laß' uns wieder nach dem Hotel zurückfahren, ich habe die Equipage halten lassen.

Eulalia. Wo denkst Du hin? erst das Terrain sondiren und dann nähere Bekanntschaften machen.

Landrath (ganz verwirrt, bei Seite). Ich bin verloren, wenn mir nicht gelingt, einen Ausweg zu finden, um sie von weiteren Nachforschungen abzuhalten.

Eulalia (die in den Tanzsaal hinab sah). Dieser Flor von Damen, und in der Entfernung machen sie sich ganz hübsch, bestätigt meinen Verdacht.

Landrath (gezwungen lächelnd). Das schmeckt wirklich nach Eifersucht!

Eulalia. Und wenn ich es wäre, wäre ich es nicht aus Liebe, sondern nur aus Stolz! ich will in's Klare kommen und lasse alle Minen springen! (setzt sich auf einen Sessel und blickt an der Brüstung in den Tanzsaal hinab.)

Landrath (im Vordergrunde, für sich). Landrath sein, mit so viel öffentlicher Würde stets mein Amt bei Tage repräsentirt und nun — ich kann in eine schauderhafte Situation kommen; o Weiber, Weiber! (er wendet sich verzweifelnd dem Hintergrunde zu.)

Neunte Scene.

Die Vorigen. Kühne (von links im Hintergrunde).

Kühne. Ach, unten nichts zu machen! muß hier oben bei einer Flasche Sekt ausruhen. (den Landrath erblickend) Ha, Bruderherz, grüß' Dich Gott! auch mal wieder hier?

Landrath (zurücktaumelnd). Ach, der hat noch gefehlt! nun ist's mit mir vorbei! (schnell zu Kühne) Schweig', kein Wort vom Sommer, sag' nicht Du! um Gotteswillen! (schwankt.)

Eulalia (wird aufmerksam, erhebt sich und tritt zu den Herren). Ah, die Herren kennen?

Landrath (vorstellend). Meine Gemahlin!

Kühne (für sich, mit Grimasse), Ach, Herr Je! (laut) Meine Gnädigste, ich habe die Ehre! (verneigt sich.)

Landrath (vorstellend). Herr — von Kühne! Direktor mehrerer Associationen. (Eulalia zuflüsternd) Ein sehr einflußreicher Mann!

Eulalia (sich artig verneigend). Freut mich, die Bekanntschaft des Herrn zu machen!

Landrath (schnell und leise, zu Kühne). Gewinn' sie für Dich und rette mich, alter Junge, ich sitze furchtbar in der Patsche!

Kühne. Hm, hm, verstehe! (geht auf Eulalia zu) Es ist reizend, gnädigste Frau, daß Sie sich auch dies berühmte Lokal anseh'n; ich glaube, Ihr Gemahl war schon einmal hier!

Eulalia (spottend). Ich glaube, mehrere Male!

Kühne. Möglich! ich erinnere mich, ihn nur einmal hier gesehen zu haben.

Eulalia (gedehnt). So o o! — ?

Kühne (für sich). Wenn ich nur erfahren könnte, was den armen Kerl quält? (von einem Gedanken ergriffen) Ha, ein Gedanke! (laut) aber wollen die Frau Landräthin nicht die Maske ablegen? Sie werden sich echauffiren!

Eulalia. Sie haben Recht! die Temperatur hier und die Erregung meines Gemüths wirken zugleich auf mich ein. (demaskirt sich.)

Kühne (sehr galant). Ah, meine Gnädigste, ich mache Ihnen mein Compliment!

Eulalia (freundlich). Wofür?

Kühne. Die gesunde Landluft Ihrer Heimath conservirt merkwürdig; ich könnte Sie für das Fräulein Tochter Ihres Herrn Gemahl halten!

Eulalia (sehr geschmeichelt). Sehr gütig, mein Herr!

Kühne. Freilich bleiben gewisse Schönheiten immer schön! —

Eulalia (bei Seite). Scheint hier doch gute Gesellschaft zu sein!

Kühne (bei Seite mit Grimasse). Das reine Mittelalter, Zeit der Kreuzzüge! aber gewonnen ist sie!

Eulalia (laut). Vielleicht begleiten Sie uns in den Saal?

Landrath (zu Kühne). Sie darf nicht weiter!

Eulalia. Wir wollen uns hier umseh'n und dann soupiren!

Kühne. Erlauben Sie, meine Gnädigste, Sie verlieren den Kopfputz! (thut, als wollte er ihn befestigen, dabei zieht er ihr eine Haarnadel aus, daß Blumen, Federn, Band ꝛc. ihr aus dem Haare fallen.)

Eulalia. Das wird schnell reparirt sein, dort ist ja ein Spiegel — (geht an den Spiegel links und ordnet Haar und Kopfputz).

Kühne (zum Landrath). Nun schnell, sie ist glücklich beschäftigt! was fehlt Dir?

Landrath (ganz verzweifelt). Sie hat im Sommer bei meiner Nachhausekunft in meinem Frack die drei Rechnungen von den drei hier durchschwärmten Nächten gefunden; es gab eine Scene, da sie leider auf richtiger Fährte ist, und schwor sie gleich bei unserem nächsten Hiersein das Odeum zu besuchen, um die von mir betheuerte Harmlosigkeit desselben, die sie bezweifelt, zu prüfen!

Kühne. Teufel, das ist eine schlimme Geschichte!
Landrath. Rette mich!
Kühne. Will's versuchen! wird aber schwer sein!
Landrath. Und nenne mich Sie, damit auch wir nicht zu intim erscheinen!
Kühne. Gut, gut! erst Sie, nachher wieder Du!
Eulalia (sich umwendend). So, der Schaden wäre wieder ausgeglichen!
Kühne. Reizender denn vorher!
Eulalia (kokett). Bitte, bitte!
Kühne. Wenn Sie erlauben, meine Gnädigste, biete ich Ihnen meinen Arm, ich werde den Cicerone machen; Ihr Gemahl ist hier ja so fremd und unbekannt! (bietet ihr galant den Arm.) Erst durch die Tanzsäle, dann soupiren wir hier oben!
Eulalia (setzt sich die Maske wieder auf und nimmt Kühne's Arm). Gehen wir!
Kühne. Lieber Landrath, selbst auf die Gefahr, Sie zu erzürnen, werden Sie heute nicht viel von Ihrer schönen Frau haben! (Eulalia's Arm drückend). Gelegenheit macht Diebe! Ich benutze den schönen Zufall! — — Bäh! — (schneidet heimlich ein Gesicht dem Landrath und blinzelt ihm wie im Einverständniß zu, dann wendet er sich mit Eulalia, die sich in bester Laune mit ihm unterhält, dem Hintergrunde zu.)
Landrath. Ich athme wieder auf; wenn er so weiter schwadronirt, kommt sie nicht zur Besinnung und ich komme diesmal mit blauem Auge davon! (Alle drei ab nach links, im Hintergrunde der Logenbrüstung).

Zehnte Scene.

Martha (aus der Seitenthür von rechts).

(Martha ist in prachtvollster Balltoilette, sie trägt ein Atlaskleid mit langer Schleppe, Schärpe und Schleife in brennenden Farben, auf dem Kopf brillante Blumengarnirung, Handschuh und Fächer, das Gehen in der Schleppe ist ihr ungewohnt, sie verhaspelt sich oft darin und stolpert wiederholt).

Martha (vorkommend, schmunzelnd). Wie sehe ich aber aus? nett, furchtbar nett? das kann mir niemand bestreiten! die Kleedage hat aber gar keene Aermel, dat wunderte mir zuerst, aber die Frau in der Garderobe sagte, dat wäre so die neueste Mode! na, die muß't wissen; wat nicht Alles Mode ist — na, geben sie Alle so, — so geh' ick ooch so! — ohne Aermel, hm, hm, vielleicht wird et noch einmal Mode, daß man Kleeder ohne Röcke trägt! hi, hi, hi! (hält sich kichernd die Augen zu) möglich is heut' zu Tage Alles! denn es giebt doch schonst Kleeder uf die Straße, dat man sich manchmal vor die, die darin stecken, fürchten könnte! (sie ist dabei bis vor den Spiegel links gekommen; ihre Blicke fallen hinein, sie steht ganz verklärt still, und schlägt plötzlich die Arme mehremale in einander). Nee, wie seh' ich aus, die reine Puppe! (macht dem Spiegelbilde Knixe). Dienerchen, Dienerchen, muß mir wirklich selber einen Knir machen! hätt' nich gedacht, det ick so zum Anbeißen aussehen könnte! na nu begreif' ick dat Gemurmel unten, — erst eenmal bin ick durch den Saal gegangen! Alles blieb stehen und machte mir Platz, ick that aber ooch sehr nobel — so! (geht mit komischer Grandezza, den Kopf hintenüber, auf und ab, indem sie dabei mit dem Fächer, den sie erst verkehrt hält, dann umdreht und entfaltet, wedelt). Da mußte wohl Alles steh'n bleiben! (plötzlich stehen bleibend, sehr treuherzig) eins thut mir leid, aber aufrichtig leid, daß mein guter Mann nicht hier ist, und schon am Ende zu Hause sitzt, wo ich mir hier so verlustire! na, eenmal will ick noch durch den Saal stolziren, darauf das scheene Kleid abgeben und dann fix nach Hause, um meinem Alten zu erzählen, wie ick hier geglänzt habe! (Wendet sich gravitätisch dem Hintergrunde zu).

Eilfte Scene.

Martha. Landrath. Kühne. Eulalia (von links im Hintergrunde).

Eulalia. Da sind wir ja schon wieder oben! (läßt Kühne's Arm los und demaskirt sich).

Kühne. Sie haben alle Räume geseh'n! wie hat es Ihnen gefallen?

Eulalia. Sie haben mich so liebenswürdig unterhalten, daß ich fast auf Nichts merken konnte!

Landrath (bei Seite). Gott sei Dank!

Martha (wieder vorkommend). Wie die sich ziert, das können wir auch! (geht wichtig auf und ab).

Kühne (Martha bemerkend). Wer ist denn das? (theilt seine Aufmerksamkeit zwischen Eulalia und Martha). Scheint was Neues zu sein! und sehr nett! und ich muß auch grade hier gebunden sein!

Eulalia (zu Kühne, auf Martha zeigend). Sehen Sie jene Dame?

Kühne (gezwungen). Ja, ja, vielleicht Frau Gräfin so und so, oder —

Eulalia. Das trifft sich herrlich!

Landrath (ängstlich). Wo will das hinaus?

Eulalia. Es war mir gerade hauptsächlich darum zu thun, hier einige Damenbekanntschaften zu machen.

Landrath. Aber mein Kind!

Eulalia. So laß mich doch ausreden; (zu Kühne) wir wollen jetzt hier soupiren, laden Sie doch jene Dame zum Souper ein! (für sich) nun werden wir ja seh'n!

Kühne (erschreckt). Wo denken Sie hin, meine Gnädigste? Eine fremde Dame wird doch nicht gleich meine Einladung annehmen!

Eulalia (stolz). Bin ich doch in Ihrer Gesellschaft! (einen Schritt gegen Martha thuend) oder soll ich selbst?

Kühne. Nicht doch! Bemühen Sie sich nicht!

Landrath (zu Kühne schnell und leise). Ziehen Sie das Mädchen in's Vertrauen und versprechen Sie ihr was Sie wollen, daß meine Frau nur dupirt bleibt, um des lieben Hausfriedens halber! (wendet sich artig zu seiner Frau).

Kühne (nähert sich Martha, die auf der linken Seite am Spiegel steht). Guten Abend, Kleine!

Martha. Dienerchen!

Kühne (vertraulich). Ohne viele Umstände, willst Du mir einen Dienst erweisen.

Martha (stutzt, sieht ihn halb scheu, halb ärgerlich an). Nun? Sie dutzen mich?

Kühne (mit der Hand vertraulich winkend). Nachher sag' ich auch Sie!

Martha (beleidigt). Bitte sehr!

Kühne. Gott, hab' Dich man nicht so!

Martha (zurückweichend). Kaum halte ich mich! et kribbelt mir schon in die Finger!

Kühne. Mein Freund hat dort seine Frau bei sich; Du sollst mit uns soupiren; aber spiele die noble Dame; es soll Dein Schade nicht sein! mein Wort, ich sorge später für Dich, aber nur geschickt, Alles mit Anstand (wendet sich den Uebrigen zu).

Martha (für sich). Jott, was ärgere ich mir, er hält mich — ah, der Zorn erstickt mich, ich arme ehrliche Frau, also so beleidigt wird man, wenn man hier herumspaziert; mein Mann hatte Recht: (mit blinzelnden Augen) aber bestraft sollen sie werden, na wartet man, die Rechnung soll Euch theuer werden!

Kühne (zurückkommend). Na?! —

Martha (vornehm thuend). Ich nehme an!

Kühne. Aber auf der Hut sein!

Martha. Haben Sie man keine Angst; ich kann furchtbar nobel thun. (Geht auf den Landrath zu und knixt sehr tief mit komischem Ceremoniell, was die Andern erwidern.)

Kühne (auf dem servirten Tisch mit einem Messer an ein Glas klopfend, rufend) Garçon! — —

Landrath. Sie wollen uns also die Ehre geben, meine gnädigste Dame?

Martha (immer mit unterdrückter Wuth, nickt). Warum nicht, mein gnädigster Herr? mit recht herzlichem Vergnügen!

Eulalia. So nehmen wir Platz!

Zwölfte Scene.

Die Vorigen. Paul (aus der rechten Seitenthür).

Paul. Die Herrschaften befehlen?

Landrath. Die Speisekarte!

Paul. Aufzuwarten! (zieht die Karte aus der Tasche).

Martha (nimmt ihm die Karte aus der Hand, thut, als ob sie dieselbe lies't, dabei leise zu Paul). Verrathen Sie nicht, daß Sie mich kennen! ich sorge für Sie mit! (wendet sich zum Tische).

Paul (lachend, für sich). Ha, die kleine Frau scheint Grips zu haben, könnte Kellner sein!

Martha (will die Karte den Herren reichen). Hier!

Landrath. Die Damen haben zu befehlen!

Martha. Ich soll also aussuchen?

Kühne. Ganz nach Belieben!

Landrath. Sie sind ja unser Gast!

Martha (für sich). Na, Ihr sollt schön blechen! Wat is denn nun das Theuerste?!

Kühne (zum Kellner Paul). Zum Entrée vier Tassen Bouillon!

Paul. Befehlen! (schnell ab in die Seitenthür rechts).

Dreizehnte Scene.

Die Vorigen ohne Paul.

Eulalia (die fortwährend Martha scharf firirt, während beide Herren sich bemühen, so viel wie möglich ihre Aufmerksamkeit von Martha abzulenken). Also zu Tische, zu Tische!

Landrath (schnell hinzuspringend). Deinen Arm, bestes Frauchen! (er drängt Eulalia so, daß sie seinen Arm nimmt und sich an den Tisch führen läßt, wo sie an der rechten Seite, vom Publikum, wie stets gerechnet, Platz nimmt; der Landrath setzt sich schnell neben ihr, so daß er vis-à-vis dem Publikum sitzt).

Kühne (der Martha den Arm reicht). Also — nur fein, zurückhaltend, nobel!

Martha. Allens mit Anstand; seien Sie doch man ruhig, ich kann sehr vornehm sind!

Kühne (Martha zu Tisch führend). Meine Gnädigste, ich habe die Ehre, an Ihrer Seite Platz zu nehmen! (er verneigt sich und setzt sich neben den Landrath).

Martha (den Kopf hintenüber werfend). Die Ehre ist nicht auf meiner Seite! (für sich) man immer stolz, des is vornehm! (setzt sich an den Tisch auf der linken Seite, so, daß sie mit dem Rücken nach der Mitte der Bühne sitzt und Eulalia ansieht).

Stellung der Personen:

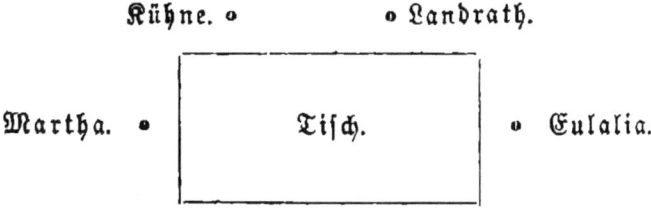

Kühne. So, nun nur noch gegenseitige Vorstellung!

Eulalia (schnell). Das wird nicht nöthig sein; hier herrscht halbe Maskenfreiheit! man sucht sich zu errathen! (zu Martha) Das ist pikanter, nicht wahr, meine Dame?

Martha (nickend, vornehm thuend). Man sucht Allens zu errathen!

Landrath (für sich). Meine Frau fängt schon an zu sticheln! ich sitze wie auf Kohlen!

Kühne (verbindlich zu Martha). Haben Sie schon auf der Speisekarte Etwas gefunden? (leise) Sie können doch lesen?

Martha (bei Seite). Der will mich wohl noch coujoniren?! ich werd' Euch schon trumpfen!

Vierzehnte Scene.

Die Vorigen. Paul (aus der Seitenthür rechts).

(Paul bringt ein Tablet mit 4 Tassen Bouillon, die er servirt; Alle trinken.)

Martha (die Speisekarte lesend). Was is denn nu das Deuerste?! — hm, hm, hm! Ente 12½, Hirschbraten 15, ha, ha, — (laut zum Kellner) Viermal Hirschbraten!

Kühne. Wollten wir nicht erst?

Martha (noch lauter). Viermal Hirschbraten, Kellner! (zu Kühne) Nicht widersprechen, wenn eine Dame fordert! (für sich) Man immer vornehm!

Kühne. Ich meinte nur, ob wir nicht erst ein wenig Fricassé oder Gemüse nehmen wollten?

Martha. Essen wir nachher! — Kellner! (Paul, der schon wegeilen wollte, steht wieder still). Bringen Sie auch gleich 4 Flaschen Wein mit!

Eulalia. Nur nicht vier!

Martha. Jeder muß doch eine haben! wir brauchen sie gar nicht auszutrinken! das wäre nicht nobel; Rest für den Kellner! (bei Seite) man immer vornehm!

Paul. Welche Sorte befehlen Sie?

Martha. Ach so! (mustert die Karte) Wat kostet hier am meisten? hm, hm, — (laut) Mumm! — 4mal! Mumm! Mumm! Mumm! Mumm! (Kellner schnell ab nach rechts, zu Kühne) Damit kann man ja Einem ordentlich graulich machen! (trinkt Bouillon.)

Eulalia (zu Martha). Sie besuchen wohl oft dies schöne Lokal?

Kühne (schnell) Es ermüdet, wenn man es wiederholt besuchen würde.

Eulalia (scharf). Ich fragte die Dame!

Martha. Ach, Sie wollen wohl die Statuten kennen lernen, um sich hier als Stammgast zu abonniren?

Eulalia (mit mühsam behaupteter Fassung). Ha! (für sich) Wie impertinent! mein Argwohn wächst!

(Paul kommt mit einem andern Kellner zurück von rechts; sie bringen 4 Portionen Braten und 4 Flaschen Champagner; die Bouillontassen werden abgeräumt, das Andere servirt; der zweite Kellner bleibt zur Hilfe auf Pauls Wink neben ihm. Paul entkorkt die Flaschen und gießt ein. Alle essen und trinken.)

Martha (nimmt ihr Glas, kostet und reicht es dem Kellner). Meine schmeckt nach dem Proppen! weg damit! — Kellner, die ist für Euch, mir eine andere! man immer nobel!
(Der zweite Kellner schnell ab; Paul nimmt Glas und Flasche von Martha fort, setzt sie auf einen Nebentisch und trinkt unvermerkt; der zweite Kellner bringt eine neue Flasche Champagner, die Martha servirt wird; dieselbe trinkt.)

Kühne. Nun, meine Gnädigste, hat dieselbe mehr Ihren Beifall?

Martha (naserümpfend). Hm, läßt sich eher trinken, könnte besser sein! (bei Seite) Tadeln ist immer vornehm!

Eulalia (mit Spott). Ah, mein Gemahl, ich fange an, die großen Rechnungen aus Ihrer Fracktasche zu begreifen; aus anderer Leute Börse (höhnisch zu Martha) läßt sich gut verschwenden!

Martha (wieder ein Glas trinkend). Werden Sie nicht anzüglich!

Eulalia. Wie so?

Martha (etwas angesäuselt). Sie wissen nicht, wie Alles zusammenhängt!

Eulalia. Da haben Sie Recht; aber ich möchte es gerne erfahren!

Martha. Ich rede nichts! (trinkend zu Kühne lächelnd) schmeckt sehr gut! heute — — (zu Eulalia) rede ich wenig, sehr wenig, (fängt an zu singen) ja, ja, ja, sehr wenig! — sehr wenig! la, la, la!

Eulalia. Heute?! also sonst sind Sie anders?

Martha (kichernd in jovialer, angenehmer Weinlaune). Ja, 'ne ganz Andere!

Eulalia (aufstehend, empört). Es ist heraus! o, ich sehe klar, ich bin betrogen!
(Landrath und Kühne springen zugleich auf und bemühen sich, Eulalia zu beruhigen.)

Martha. Aber warum stehen Sie denn schon auf, nun wird's ja erst recht behaglich! Kellner! Kuchen, womöglich Baumkuchen!
(Paul nickt dem andern Kellner; dieser ab nach rechts.)

Martha. Kellner!

Paul. Befehlen?

Martha (immer lauter). Rosinen und Mandeln, Apfelsinen, Bonbons, Schweizerkäse und saure Gurken!

Paul. Sogleich! —

Martha. Man immer vornehm! ich sollte nicht wissen, was vornehm ist! (lehnt sich zurück, legt ein Bein hoch über das andere Knie, daß Jupons, Strümpfe und Stiefel scharf markirt werden. Eulalia wendet sich wie erzürnt von den Herren ab, erblickt Martha's Stellung, schreit auf, hält sich die Augen zu und sinkt wie erschöpft und außer sich in die Arme ihres Mannes).

Landrath (zu Kühne, auf Martha zeigend). Aber sehen Sie doch — bringen Sie das Mädchen meiner Gemahlin aus den Augen!

Kühne (Martha lorgnettirend, für sich schmunzelnd). Sehr nett! aber jetzt freilich nicht angebracht! (faßt Martha's Arm) Aber, menagiren Sie sich doch, welche Stellung! —

Martha (lustig). Lassen Sie mich!

Kühne (bestimmter, aber immer jovial). Nein, wenn Sie mit mir allein wären, à la bonheur! — aber in Gegenwart der Dame muß ich Ihnen sagen: Das schickt sich nicht!

Martha (aufstehend, in schlechter Laune). Was? — ich weiß sehr gut, was sich schickt!

Kühne. Nein, nein, nein!

Martha (immer lauter). Tausend nicht mal! nu werd' ich bös, ich lasse mir schon Nichts von meinem eigenen Manne sagen, von fremden nu schon gar nicht!

Kühne. Einen Mann haben Sie ja gar nicht!

Martha (wüthend). Ha, das geht mir an die Ehre! (nimmt böse einen Teller vom Tische und schlägt ihn donnernd in das servirte Tisch= geräth, daß mehrere Sachen mit Gepraffel zerbrechen).

Eulalia (richtet sich mit einem Schrei auf). Ha, fort von hier!
(Alle Drei stehen rathlos vor Verwirrung.)

Martha (immer lauter schimpfend). Ein kleines Vergnügen habe ich hier wohl mitmachen wollen, aber mich so beleidigen lassen, nee, das is doch über'n Strich; o, mein Mann hat wirklich Recht, wenn er von dem Glanz Nichts wissen wollte! wird man hier so beurtheilt, denn will ich doch lieber in Ehren arm bleiben! ja, das will ich!
(Hebt im Aerger einen Stuhl hoch, setzt ihn geräuschvoll hin und wirft einen Teller auf die Erde).

Funfzehnte Scene.

Die Vorigen. Packer. Greif (in Polizeiuniform, von rechts und links im Hintergrunde.)

Greif. Welch' Lärm ist hier?

Packer. Im Tanzsaal ist Alles erschrocken, die Gäste stürmen schon heraus!

Greif. Alle Nacht wiederholt sich dieser Spektakel hier!

Packer (zieht ein Notizbuch). Sollen Alle notirt werden!
(Der Landrath tritt rasch an ihn, zieht eine Paßkarte hervor und präsentirt dieselbe dem Beamten, worauf Packer sich verneigt.)

Landrath (auf Martha zeigend). Von der geht aller Lärm aus!

Packer. So wird die schöne Dame arretirt!
(Packer und Greif fassen Martha an.)

Martha. Arretirt! Ha, das ist die Strafe, daß ich meinem guten Manne nicht folgen wollte! —

Sechszehnte Scene.

Die Vorigen. Lorenz. Goldlottchen. Herren und Damen. Masken (von rechts und links).

(Lorenz, sehr roth, wie angetrunken geschminkt, geht sehr lustig zwischen Goldlottchen und einer andern Dame, die Beide an seinen Armen hängen).

Alle im Chor (durcheinander). Was giebt's hier? was ist los?

Lorenz. Wird hier oben auch getanzt?!

Martha (reißt sich von dem Polizisten los, schreit auf). Ha, mein

Mann mang die Mädchens! zum ersten Mal fehlen mir die Worte! (sinkt auf einen Sessel).
Alle. Ihr Mann?!
Packer. Wer's glaubt! —

Siebzehnte Scene.
Die Vorigen. Paul (von rechts).

Paul (der kurz vorher eingetreten war). Ja, ja, unsere Madame hat Beide eingeführt!
Packer (zu Lorenz). Na, denn sorgen Sie dafür, daß Ihre Frau ruhig bleibt! (droht Martha) Sonst!
Martha (schwach). Nie wieder! (Greif und Packer ab.)

Achtzehnte Scene.
Die Vorigen ohne Greif und Packer.

Lorenz (an seine Frau tretend). Aber sage mal —
Martha (aufstehend, weinerlich). Kein Wort hier mehr, führe mich von diesem abscheulichen Orte schnell hinweg!
Lorenz (kichernd, Goldlottchen zunickend). Na, — ich habe mich ganz gut amüsirt!
Martha (verzweifelt). Auch das noch, — und ich habe ihn selbst hergeführt! Liebster Mann, nie mehr will ich Glanz und Herrlichkeit beneiden, ich habe genug kennen gelernt, zu Hause bei uns ist es am besten!
Landrath (zu Eulalia). Nun siehst Du, wie Du Dich getäuscht! (leise zu Kühne) aber mir bleibt diese Angst eine Lehre; ich gehe nicht wieder hin, wo ein Landrath nicht öffentlich erscheinen darf!
Kühne (sehr jovial). Ich habe mich gottvoll amüsirt; war mal was Neues, bis auf's Bezahlen! —

Schlußgesang.

Martha.
Das soll mir nun ein Beispiel sein,
Mich willig stets zu fügen,
Ich laß' hinfort an meinem Stand
Bescheiden mir genügen!

Lorenz.
Die Woche ist der Arbeit Zeit,
Der Sonntag schön und labend,
Bringt uns der Tag auch Müh' und Last,
Je schöner wird der Abend!

Chor.
Ja, bringt dem Abend Vivat aus,
Doch auch die Nacht soll leben,
Wo uns Musik und Freudenrausch
So zauberisch umschweben!

(Der Vorhang fällt.)

Ende.